꿈

한국문학산책 15 장편 소설
꿈

지은이 **이광수**
엮은이 **송창현**
펴낸이 **안용백**
펴낸곳 (주)넥서스

초판 1쇄 인쇄 2013년 3월 20일
초판 1쇄 발행 2013년 3월 25일

출판신고 1992년 4월 3일 제311-2002-2호
121-840 서울시 마포구 서교동 394-2
Tel (02)330-5500 Fax (02)330-5555

ISBN 978-89-6790-038-0 04810

한국문학산책 15
장편 소설

이광수

꿈

송창현 엮음 · 해설

지식의숲

* 일러두기

1. 시대 분위기와 작가의 개성이 드러나는 문장이나 방언, 속어, 고어 등은 원문 표기를 따랐다.

2. 원본 한자는 한글로 바꾸고 작품의 이해에 필요한 경우에만 한자를 병기하였다.

3. 독자들의 이해를 높이기 위해 필요한 경우 괄호 속에 뜻풀이를 달았다.

차 례

첫째 권

끝없는 동해 바다. 맑고 푸른 동해 바다. 낙산사 앞바다.

늦은 봄의 고요한 새벽어둠이 문득 깨어지고 오늘은 구름도 없이 붉은 해가 푸른 물에서 쑥 솟아오르자 끝없는 동해 바다는 황금빛으로 변한다. 늠실늠실하는 끝없는 황금 바다.

깎아 세운 듯한 절벽이 불그스레하게 물이 든다. 움직이지도 않는 바위틈의 철쭉 꽃포기들과 관세음보살을 모신 낙산사 법당 기와도 황금빛으로 변한다.

"나무 관세음 나무 대자대비 관세음보살."

하는 염불 소리, 목탁 소리도 해가 돋자 끊어진다. 아침 예불이 끝난 것이다.

조신은 평목과 함께 싸리비를 들고 문밖으로 나와 문전 길을 쓸기 시작한다. 길의 흙은 밤이슬에 촉촉이 젖었다.

'싸악싸악, 쓰윽쓰윽' 하는 비질 소리가 들린다.

조신과 평목이 앞동구까지 쓸어 갈 때에 노장 용선 화상이 구부러진 기다란 지팡이를 끌고 대문으로 나온다.

"저 앞동구까지 잘 쓸어라. 한눈팔지 말고 깨끗이 쓸어. 너희 마음에 묻은 티끌을 닦아 버리듯이."

하고 용선 노장이 큰 소리로 외친다.

"네."

하고 조신과 평목은 뒤돌아보지 아니하고 더 재게 비를 놀린다.

"오늘은 태수 행차가 오신다고 하였으니, 각별히 잘 쓸렷다."

하고 노장은 산문 안으로 들어온다.

태수 행차라는 말에 조신은 비를 땅바닥에 떨어뜨리고 허리를 편다.

"왜 이래? 벌이 쏘았어? 못난 짓도 퍽도 하네."

하고 평목이 비로 조신의 엉덩이를 갈긴다.

조신은 말없이 떨어진 비를 다시 집어 든다.

"태수가 온다는데 왜 이렇게 놀라? 무슨 죄를 지었어?"

하고 평목은 그 가느스름한 여자다운 눈에 눈웃음을 치면서 조신을 바라본다.

평목은 미남자였다.

"죄는 내가 무슨 죄를 지었어?"
하고 조신은 비질을 하면서 툭 쏜다.

평목과는 정반대로 조신은 못생긴 사내였다. 낯빛은 검푸르고, 게다가 상판이니 눈이니 코니 모두 찌그러지고 고개도 비뚜름하고 어깨도 바른편은 올라가고 왼편은 축 처져서 걸음을 걸을 때면 모로 가는 듯하게 보였다.

"네 마음이 비뚤어졌으니까 몸뚱이가 저렇게 비뚤어진 것이다. 마음을 바로잡아야 내생에 바른 몸을 타고나는 것이다."

용선은 조신에게 이렇게 훈계하였다.

"죄를 안 지었으면 원님 나온다는데 왜 질겁을 해? 세달사(世達寺) 농장에 있을 적에 네가 아마 협잡을 많이 하여 먹었거나, 뉘 유부녀라도 겁간을 한 모양이야. 어때, 내님이 꼭 알아맞혔지? 그렇지 않고야 김 태수 불공 온다는데 왜 빗자루를 땅에 떨어뜨리느냐 말야? 내 어째 수상쩍게 생각했다니. 세달사 농장을 맡아 보면 큰 수가 나는 자린데 왜 그것을 내버리고 낙산사에를 들어와서 이 고생을 하느냐 말야? 어때, 내 말이 맞었지? 똑바로 참회를 해요."
하고 평목은 비질하기도 잊고 조신의 앞을 질러 걸으며 잔소리를 한다.

"어서 길이나 쓸어요. 괜스레 노스님 보시면 경치지 말고."

조신은 이렇게 한마디 평목에게 핀잔을 주고는 여전히 길을 쓴다. 평목의 말이 듣기 싫다는 듯이 '쓰윽 싸악' 하는 소리를 더 높이 낸다.

평목은 그래도 비를 든 채로 조신보다 한 걸음 앞서서 뒷걸음을 치면서 말을 건다.

"이봐 조신이, 오늘 보란 말야."

"무얼 보아?"

"원님의 따님이 아주 어여쁘단 말야? 관세음보살님같이 어여쁘단 말야. 작년에도 춘추로 두 번 불공드리러 왔는데 말야, 그 아가씨가 참 꽃송이란 말야, 꽃송이. 아유우, 넨장."
하고 평목은 음탕한 몸짓을 한다.

평목의 말에 조신은 더욱 견딜 수 없는 듯이 빨리빨리 비질을 한다. 그러나 조신의 비는 쓴 자리를 또 쓸기도 하고 껑충껑충 뛰어넘기도 하고 허둥허둥하였다.

그럴 수밖에 없었다. 조신이 세달사의 중으로서 명주 날리군에 있는 세달사 농장에 온 지 삼 년 만에 그 편하고 좋은 자리를 버리고 낙산사에 들어온 것은 바로 이 김 태수 흔공의 딸 달례 때문이었다.

조신이 달례를 처음 본 것은 바로 작년 이맘때였다. 철쭉꽃

활짝 핀 어느 날 조신이 고을 뒤 거북재라는 산에 올랐을 때에, 마침 태수 김흔 공이 가솔을 데리고 꽃놀이를 나와 있었다. 때는 석양인데 달례가 시녀 하나를 데리고 단둘이서 맑은 시내를 따라서 골짜기로 더듬어 오르는 길에 석벽 위에 매달린 듯이 탐스럽게 핀 철쭉 한 포기를 바라보고,

"저것을 꺾어다가 병석에 누우셔서 오늘 꽃구경도 못 나오신 어머님께 드렸으면."

하고 차마 그곳을 그대로 지나가지 못하고 방황할 때에 만난 것이 조신이었다.

무심코 골짜기로 내려오던 조신도 하늘에서 내려온 듯한 달례를 보고는 황홀하게 우뚝 섰다. 제가 불도를 닦는 중인 것도 잊어버렸다. 제가 어떻게나 못생긴 사내인 것도 잊어버렸다.

그러고는 염치도 없이 달례를 물끄러미 바라보고는 언제까지나 한자리에 서 있었다. 마치 그의 눈과 몸이 다 굳어진 것과 같았다.

갑자기 조신을 만난 달례도 놀랐다. 한 걸음 뒤로 멈칫 물러서지 아니할 수 없었으나, 다시 보매 중인지라 안심한 듯이 조신을 향하여 합장하였다. 그의 얼굴에는 역시 처녀다운 부끄러움이 있었다.

달례가 합장하는 것을 보고야 조신은 굳은 몸이 풀리고 얼었

던 정신이 녹아서 위의를 갖추어 합장으로 답례를 하였다.

'그렇기로, 저렇게 아름다운 여자가 어떻게 세상에 있을까?'

조신은 속으로 중얼거리면서, 이 자리에 오래 있는 것이 젊고 아름다운 처녀의 곁에서 그 고운 얼굴을 바라보고, 그 그윽한 향기를 맡는 것이 옳지 아니한 줄을 생각하고는 다시 합장하고 허리를 굽히고 달례의 등 뒤를 지나서 내려가는 걸음을 빨리 걸었다.

그러나 조신의 다리에는 힘이 없어서 어디를 어떻게 디디는지를 몰랐다.

달례는 조신의 이러하는 모양을 보다가 방그레 웃으며 시녀더러,

"애, 저 스님 잠깐만 여쭈어라."

하였다.

"스님! 스님!"

하고 수십 보나 내려간 조신의 뒤를 시녀가 부르면서 따랐다.

"네."

하고 조신은 걸음을 멈추고 돌아섰다.

시녀는 조신의 앞에 가까이 가서 눈으로 달례를 가리키며,

"작은아씨께서 스님 잠깐만 오십사고 여짜옵니다."

하였다.

"작은아씨께서? 소승을?"

하고 조신은 시녀가 가리키는 편을 바라보았다.

거기는 분홍 긴 옷을 입은 한 분의 선녀가 서 있었다. 좀 새뜨게 바라보는 모양이 더욱 아름다워서 인간 사람 같지는 아니하였다.

조신은 시녀의 뒤를 따랐다.

"어느 댁 아가씨시오?"

하고 조신은 부질없는 말인 줄 알면서 묻고는 혼자 부끄러웠다.

"이 고을 사또님 따님이시오."

시녀는 이렇게 대답하였다.

'그러나 하길래.'

하고 조신은 속으로 중얼거렸다.

이 고을 사또 김흔 공은 신라의 진골(왕족)이었다.

"아가씨께서 소승을 불러 계시오?"

하고 조신은 달례의 앞에서 합장하였다.

"스님을 여쭈와서 죄송합니다."

하고 달례는 방긋 웃었다.

조신은 숨이 막힐 듯함을 느꼈다. 석벽 밑 맑은 시냇가 바위를 등지고 선 달례의 자태는 비길 데가 없이 아름다웠다. 부드러운 바람이 그 가벼운 분홍 옷자락을 펄렁거릴 때마다 사람을 어리게 하는 향기가 풍기는 것 같았다. 그 검은 머리는 봄날 볕에 칠같이 빛났다.

"미안하오나 저 석벽에 핀 철쭉을 꺾어 줍시오."

달례의 붉은 입술이 움직일 때에 옥같이 흰 이빨이 빛났다.

조신은 달례가 가리키는 석벽을 바라보았다. 네 길은 될 듯한 곳에 한 포기 철쭉이 참으로 탐스럽게 피어 있었다. 그러나 거기를 올라가기는 여간 힘든 일이 아닐 것 같았다. 산을 타는 자신 있는 사람이 아니면 엄두도 내기 어려울 듯하였다.

"그 꽃은 꺾어서 무엇 하시랴오?"

조신은 이렇게 물어보았다.

물론 조신은 그 석벽에 기어오르다가 뼈가 부서져 죽더라도 올라갈 결심을 하였다.

"어머니께서 병환으로 꽃구경을 못 하시와서, 꼭 저 꽃을 꺾어다가 어머니께 드렸으면 좋을 것 같아서."

달례는 수줍은 듯 그러나 낭랑한 음성으로 이렇게 말하였다.

조신은,

"효성이 지극하시오. 그러면 소승이 꺾어 보오리다."

하고 조신은 갓과 장삼을 벗었다. 그것을 바위에 놓으려 하자 달례가 받아서 한 팔에 걸었다.

조신은 어떻게 그 험한 석벽에를 올라가서 어떻게 그 철쭉꽃

을 꺾었는지 모른다.

그것은 꿈속과 같았다. 한 아름 꽃을 안고 달례의 앞에 섰을 때에 비로소 정신을 차릴 수가 있었다.

"황송도 하여라."

하고 달례는 한 팔을 내밀어 조신의 손에서 꽃을 받아 안고 한 팔에 걸었던 장삼을 조신에게 주었다.

이 일이 있은 뒤로부터 조신의 눈앞에서는 달례 모양이 떠나지를 아니하였다. 깨어서는 달례를 생각하고 잠들어서는 달례를 꿈꾸었다.

그러나 그것은 이루지 못할 일이었다. 달례와 백년해로를 하기는커녕, 다시 한 번 달례를 대하여서 말 한마디를 붙여 보기도 하늘의 별 따기와 같은 일이었다.

조신은 멀리 달례가 들어 있을 태수의 내아 쪽을 바라보았다. 깊이깊이 수림과 담 속에 있어서 그 지붕까지 잘 보이지 아니하였다. 나는 제비밖에는 통할 수 없는 저 깊은 속에 달례가 있는 것이다.

그러다가 언제나 벼슬이 갈리면 달례는 그 아버지를 따라서 서울로 가 버릴 것이다. 달례가 서울로 가면 조신도 서울로 따라갈 수는 있지마는, 서울에 간 뒤에는 여기서보다도 더 깊이 숨어서 영영 대할 길이 없을 것이다.

이런 일을 생각하면 조신은 몸 둘 곳이 없도록 괴로웠다. 조신은 밥맛을 잃었다. 잠을 잃었다. 그의 기름은 바짝바짝 말랐다. 그는 마침내 병이 될 지경이었다.

"나는 중이다. 불도를 닦는 사람이다."

이러한 생각으로 조신은 눈앞에 아른거리는 달례의 그림자를 물리쳐 보려고도 애를 썼다.

그러나 그것은 안 될 일이었다. 물리치려면 더 가까이 오고 잊으려면 더 또렷이 달례의 모양이 나타났다.

마음으로 싸우다 싸우다 못한 끝에 조신은 마침내 낙산사에 있는 용선 대사를 찾았다.

조신은 대사에게 모든 것을 참회한 뒤에,

"스님, 소승은 어찌하면 좋습니까?"

하고 물었다.

이에 대하여 용선 화상은 조신을 바라보고 그 길은 눈썹 속에 빛나는 눈으로 빙그레 웃으면서,

"네 그 찌그러진 얼굴을 보고 달례가 너를 따르겠느냐?"

하고는 턱춤을 추면서 소리를 내어서 웃었다.

조신은 욕과 부끄러움과 슬픔과 절망을 한데 느끼면서,

"그러기에 말씀입니다. 그러니 소승이 어찌하면 좋습니까?"

하고 애원하였다.

"네 상판대기부터 고쳐라."

"어떡허면 이 업보로 타고난 상판대기를 고칠 수가 있겠습니까?"

"관세음보살을 염하여라."

"관세음보살을 염하면 이 상판대기가 고쳐지겠습니까? 이 검은 빛이 희어지고 이 찌그러진 것이 바로잡히겠습니까?"

"그렇고 말고. 그보다 더한 것도 된다. 달례보다 더한 미인도 너를 사모하고 따라올 것이다."

용선 화상의 이 말에 힘을 얻어서 조신은,

"스님, 소승은 관세음보살을 모시겠습니다. 소승이 힘이 없사오니 스님께서 도력으로 소승을 가지해 줍시오."

하고는 지금까지 관세음보살을 염하여 온 것이었다.

그런데 이제 달례가 온다. 부모를 모시고 불공을 드리러 오는 것이다. 조신의 가슴은 정신을 진정할 수 없이 울렁거렸다.

길을 다 쓸고 나서 조신은 용선 화상께 갔다.

"스님, 소승은 어찌하면 좋습니까?"

하고 조신은 정성스럽게 용선께 물었다.

"무엇을? 무엇을 어찌하단 말이냐?"

하고 노장은 시치미를 떼었다.

"아뢰옵기 황송하오나, 김 태수께서 오신다면 그 따님도 오실 모양이니…….”

“오, 그 말이냐? 그저 관세음보살을 염하려무나.”

하고 용선 대사는 뚫어지게 조신을 바라보았다.

“소승은 지금도 이렇게 가슴이 울렁거립니다.”

“응, 이따가는 더 울렁거릴 터이지.”

“그러면 소승은 어찌하면 좋습니까?”

“관세음보살을 염하려무나.”

“스님, 소승의 소원이 꼭 이루어지겠습니까?”

“관세음보살을 염하려무나.”

“나무 대자대비 관세음보살 마하살.”

하고 조신은 당장 합장하고 큰 소리로 관세음보살을 부른다.

용선은 물끄러미 조신이 하는 양을 보다가 조신을 향하여서 한 번 합장한다. 대사는 관세음보살을 일심으로 염하는 조신의 속에 관세음보살을 뵈온 것이었다.

절 경내는 먼지 하나 없이 정결히 쓸리고 물까지 뿌려졌다. 동해 바다의 물결이 석벽에 부딪히는 소리가 철썩철썩 들려 왔다. 그 소리와 어울려서,

“나무 대자대비 관세음보살 마하살.”

하고 조신의 염불 소리가 끊임없이 법당에서 울려 나왔다.

문마다 ‘정재소’라는 종이가 붙었다. 노랑 종이 다홍 종이에

범서로 쓰인 진언들이 깃발 모양으로 법당에서 사방으로 늘인 줄에 걸렸다.

법당 남쪽 모퉁이 별당이 원님네 일행의 사처로 정결하게 치워졌다.

태수 김흔 공은 이 절에 백여 석 추수하는 땅을 바친 큰 시주였다. 그러므로 무슨 특별한 큰 재가 아니라도 이처럼 정성을 드리는 것이었다.

해가 낮이 기울어서 신시 때가 될 때쯤 하여서 전배가 달려와서 원님 일행이 온다는 선문을 놓았다.

노장은 칠팔 인 젊은 중을 데리고 동구로 나갔다. 모두 착가사 장삼하고 목에 염주를 걸고 팔목에는 단주를 들었다. 노장은 육환장을 짚었다. 꾀꼬리 소리가 들려오고 이따금 멀리서 우는 종달새 소리가 들렸다. 봄철 저녁 날이라 바람은 좀 있었으나 날은 화창하였다. 검으리만큼 푸른 바다에는 눈 같은 물꽃이 피었다. 중들의 장삼 자락이 펄펄 날렸다.

이윽고 노루목이 고개로 검은 바탕에 홍 끝동 단 사령들이 너풀거리는 것이 보였다. 그러고는 가마 세 틀이 보기 좋게 들먹들먹 흔들리면서 이리로 향하고 넘어오는 것이 보였다. 짐을 진 행인들이 벽제 소리에 길 아래로 피하는 것도 보였다.

원의 일행은 산모퉁이를 돌았다. 용선 대사 일행이 마중을 나와서 섰는 양을 보았음인지 가마는 내려놓아졌다.

맨 앞 가마에서 자포를 입고 흑건을 쓴 관인이 나선다. 그리고 둘째 가마에서도 역시 자포를 입은 부인이 나서고, 맨 나중에 분홍 긴 옷을 입은 달례가 나선다.

세 사람은 천천히 걷기를 시작한다. 뒤에는 통인 한 쌍과 시녀 한 쌍이 따르고 사령 네 쌍은 전배까지도 다 뒤로 물러서 따른다. 절 동구에 들어오는 예의다.

서로서로의 얼굴이 바라보일 만한 거리에 왔을 때에 김 태수는 합장하고 고개를 숙인다. 부인과 달례도 그 모양으로 하고 따르는 자들도 다 그렇게 한다. 이것은 절에 대하여서와 마중나온 중들에게 대하여 하는 첫인사였다. 이에 대하여서 용선 대사도 합장하였다.

이러하는 동안에 맨 뒤에 선 조신은 반정신은 나간 사람 모양으로 분홍 옷만 바라보고 있었다. 그러고 울렁거리는 가슴과 떨리는 몸을 가까스로 억제하면서 입속으로 관세음보살을 염하였다.

마침내 태수의 일행은 용선 대사 앞에 왔다. 태수는 이마가 거의 땅에 닿으리만큼 대사에게 절을 하고, 부인과 달례는 오체투지의 예로 대사에게 절하였다.

조신은 달례가 무릎을 꿇는 것을 보고는 부지불각에 무릎을 꿇어 버렸다. 출가인은 부모나 임금의 앞에도 절을 아니하는 법이다.

"쩟!"

하고 곁에 섰던 평목이 발길로 조신의 엉덩이를 찼다.

용선 대사가 앞을 서고 그다음에 태수 일행이 따르고 그 뒤에 중들이 따라서 절에 들어왔다.

조신은 평목에게 여러 가지 핀잔을 받으면서 정신없이 다른 사람들의 뒤를 따라 들어왔다.

'지나간 일 년 동안에 더욱 아름다워졌다.'

조신은 이렇게 속으로 중얼대었다. 열다섯, 열여섯 살의 처녀가 피어나는 것은 하루가 새로운 것이다. 조신의 그리운 눈에는 달례는 아무리 하여도 인간 사람은 아닌 듯하였다. 그의 속에는 피고름이나 오줌똥도 있을 수 없고, 오직 우담바라의 꽃향기만이 찼을 것 같았다.

"그 눈, 그 눈!"

하고 생각하면 조신은 정신이 땅속으로 잦아드는 것 같았다.

"나무 관세음보살 마하살."

하고 조신은 곁에 사람들이 있는 것도 잊고 소리 높이 불렀다. 이 소리에 달례의 눈이 조신에게로 돌아왔다. 달례는 조신을 알아보는 듯 눈이 잠깐 움직인 것같이 조신에게는 보였다.

유시부터 재가 시작된다.

중들은 바빴다.

부처님 앞에는 새로 잡은 황초와 새로 담은 향불과 새로 깎은 향이 준비되고, 커다란 옥등잔도 말짱하게 닦아서 꼭꼭 봉하여 두었던 참기름을 그뜩그뜩 붓고 깨끗한 종이로 심지를 꼬아서 열십자로 놓았다. 한 등잔에 넷이 켜지게 하는 것이다.

중들이 이렇게 바쁘게 준비하는 동안에 태수의 일행은 사처에 들어서 쉬기도 하고 동해의 경치를 바라보기도 하였다.

퇴 밑에 벗어 놓은 분홍신은 달례의 신이 분명하거니와, 달례는 몸이 곤함인지 재계를 위함인지 방 안에 가만히 앉아서 얼마 아니 있으면 피어날 섬돌 밑 모란 봉오리를 바라보고 있었다. 모란 봉오리들은 금시에 향기를 토할 듯이, 그러나 아직 때를 기다리는 듯이 붉은 입술을 꼭 다물고 있었다.

저녁 까치들이 짖을 때에 종이 울었다. 뎅뎅, 큰 쇠가 울고 있었다.

불공 시간이 된 것이다.

젊은 중들이 가사 장삼에 위의를 갖추고 둘러서고, 김 태수네 가족이 들어와서 재자(齋者)의 자리인 불탑 앞에 가지런히 서고, 나중에 용선 대사가 회색 장삼에 금실로 수를 놓은 붉은 가사를 입고 사미의 인도를 받아서 법석에 들어와 인도하는 법사의 자리에 섰다.

정구업 진언에서 시작하여 몇 가지 진언을 염한 뒤에 관세음보살, 비로자나불, 노사나불, 석가모니불, 아미타불을 불러,

"원컨대 재자의 정성을 보시와, 도량에 강림하시와 공덕을 증명하시옵소서."

하고 한 분을 부를 때마다 법사를 따라서 일동이 절하였다. 김태수의 가족도 절하였다. 정성스럽게 두 손을 높이 들어서 합장하여 이마가 땅에 닿도록 오체투지의 예를 하였다.

향로에서는 시방세계의 부정한 것을 다 제하고 향기로운 구름이 되어서 덮게 한다는 향연이 피어오르고, 굵은 초에는 맑은 불길이 춤을 추었다.

이 모든 부처님네와 관세음보살께서 이 자리에 임하시와서 재자의 정성을 보옵시라는 뜻이다.

"옴 바아라 미나야 사바하."

하는 것은 불보살님네께서 자리에 앉으시라는 진언이다.

그러한 뒤에 사미가 쟁반에 차 네 그릇을 다섯 위 앞에 올리자 법사는,

"차를 받들어 증명하시는 이께 올리오니 정성을 보시와서 어여삐 여겨 받으시옵소서(今將甘露茶 奉獻證明前 鑑察虔懇心 願垂哀納受)."

하였다.

차를 올리고는 또 절이 있었다.

그러고는 법사는 다시,

"대자대비하옵시와 흰옷을 입으신 관세음보살 마하살님 자비심을 베푸시와 도량에 강림하시와 이 공양을 받으시옵소서." 하고는 또 쇠를 치고 절하였다.

달례도 법사의 소리를 맞추어 옥같이 흰 두 손을 머리 위에 높이 들어 관음상에 주목하면서 나부시 절을 하였다.

그러고는 관음 참회례문이 시작되었다.

"옴 아로륵계 사바하."

하는 멸업장 진언은 법사의 소리를 따라서 일동도 화하였다. 달례의 맑고 고운 음성이 중들의 굵고 낮은 음성 사이에 울렸다. 조신도 전생 금생의 모든 업장을 소멸하여 줍소서 하는 이 진언을 정성으로 염하였다.

"백겁에 쌓은 죄를(百劫積集罪)

일념에 씻어지다(一念頓蕩除).

마른풀 사르듯이(如火焚枯草)

모조리 사르어지다(滅盡無有餘)."

하는 참회개에 이어,

"옴 살바 못댜모리바라야 사바하. 원컨대 사생 육도에 두루

도는 법계 유정이 여러 겁에 죽고 나며 지은 모든 업장을 멸하여지이다. 내 이제 참회하옵고 머리를 조아려 절하오니, 모든 죄상을 다 소멸하여 주옵시고 세세생생에 보살도를 행하게 하여 주시옵소서."

하는 참회 진언과 축원이 법사의 입으로 외워질 때에는 일동은 한참 동안이나 엎드려 일어나지 아니하였다.

이 모양으로 몸으로 지은 업과 입으로 지은 업과 마음으로 지은 업을 다 참회한 뒤에 다시는 죄를 짓지 아니하고, 불(佛)·법(法)·승(僧) 삼보를 공경하여 빨리 삼계 인연을 떠나서 청정 법신을 이루어지이다 하는 원을 발하고는 삼보에 귀명례한 후에,

"삼보에 귀의하와
얻잡는 모든 공덕
일체 유정에 돌려
함께 불도 이뤄지다."

하고는 나중으로,

"이 몸 한 몸 속에(我今一身中)
무진신을 나토와서(卽現無盡身)
모든 부처 앞에(遍在諸佛前)
무수례를 하여지다(一一無數禮).
옴 바아라 믹, 옴 바아라 믹, 옴 바아라 믹."

하는 보례게와 보례 진언(普禮眞言)을 부르고는 용선 대사는 경상 위에 놓았던 축원문을 들어서 무거운 음성으로 느릿느릿 읽었다.

"오늘 지극하온 정성으로 재자 명주 날리군 태수 김흔 공은 엎데어 대자대비 관음 대성전에 아로이나이다.

천하 태평하여지이다.

이 나라 상감님 성수 무강하셔지이다.

큰 벼슬 잔 벼슬 하는 이 모두 충성되어지이다.

백성이 질고 없고 시화 세풍하여지이다.

불도 흥왕하와 중생이 다 죄의 고를 벗어지이다.

이 몸과 아내와 딸 몸 성하옵고 옳은 일 하여지이다.

딸 이번에 모례의 집에 시집가기로 정하였사오니, 두 사람이 다 불은 입사와 백년해로하옵고 백자천손하옵고 세세생생에 보살행 닦게 하여 주시옵소서.

이 몸 죄업 많사와 아직 아들 없사오니 귀남자 점지하여 주시옵소서."

하는 것이었다.

이 축문을 들은 조신은 가슴이 내려앉는 듯하였다.

'그러면 달례는 벌써 남의 집 사람이 되었는가?'

조신은 앞이 캄캄하여 몸이 앞으로 쓰러지려 하였다. 이때에 평목이 팔꿈치로 조신의 옆구리를 찔렀기에 겨우 정신을 수습할 수가 있었다.

축원문은 또 읽어졌다. 축원문이 끝날 때마다 재자는 절을 하였다. 달례도 절을 하였다.

축원문은 세 번 반복하여 읽어졌다. 재자의 절도 세 번 있었다. 세 번째 달례가 옥으로 깎은 듯한 두 손을 머리 위에 높이 들 때에는 조신은 달려들어 불탑을 둘러엎고 달례를 웅켜어 안고 달아나고 싶은 충동을 느꼈다. 그리고 관세음보살상을 바라보았다. 관세음보살은 조신을 보고 빙그레 웃으시는 듯, 그러나 그것은 비웃는 웃음인 것 같았다.

조신은 또 한 번 불탑에 달려들어 관세음보살상을 끌어내서 깨뜨려 버리고 싶은 분노를 느꼈다. 그러나 다시 관세음보살상을 우러러볼 때에는 관세음보살은 여전히 빙그레 웃고 계셨다.

그 뒤에 중단, 하단, 칠성단, 독성단, 산신당 일은 어떻게 지나갔는지 조신은 기억이 없다.

재가 파한 뒤에 조신은 조실에 용선 대사를 뵈왔다.

용선 대사는 꼭 다문 입과 깊은 눈썹 밑에서 빛나는 눈가에 웃음을 띤 듯하였다.

"스님, 소승은 어떻게 합니까?"
하는 조신의 말에는 눈물이 섞여 있었다.

"무엇을?"

하는 대사의 얼굴에는 무서운 빛이 돌았다.

"사또 따님은 혼사가 맺혔습니까?"

"그래, 아까 축원문에서 듣지 아니하였느냐? 화랑 모례 서방과 혼사가 되어서 삼 일 후에 혼인 잔치를 한다더지 않더냐?"

"그러면 소승은 어찌합니까?"

"무얼 어찌해?"

"사또 따님과 백 년 연분을 못 맺으면 소승은 이 세상에 살 수는 없습니다."

"이 세상에 살 수 없으면 어디 좋은 세상으로 갈 데가 있느냐?"

"소승, 이 소원을 이루지 못하면 죽어서 축생도에 떨어져서 배암이 되어서라도 사또 따님의 뒤를 따르겠습니다."

"그것도 노상 마음대로는 안 될 것을. 그만한 인연이라도 없으면 그렇게도 안 될 것을."

"그러면 소승 사또 따님을 한칼로 죽여 버리고 소승도 그 피 묻은 칼로 죽겠습니다."

"그것도 네 마음대로는 안 될 것을."

"그것도 안 되오면 소승 혼자서 이 칼로 죽어 버리겠습니다."

하고 조신은 품에서 시퍼런 칼 하나를 내어서 보인다.

"그것도 네 마음대로는 안 될 것이다."

"어찌하여서 안 됩니까? 금방 이 칼로 이렇게 목을 따면 죽을 것이 아닙니까?"

"목이 따지지도 아니할 것이어니와, 설사 목을 따더라도 지금은 죽어지지 아니할 것이다. 네 찌그러진 모가지에 더 흉한 칼자국 하나만 더 내고 너는 점점 사또 따님과 인연이 멀어질 것이다."

"그러면 소승은 어찌하면 좋습니까? 스님, 자비심을 베푸시와 소승의 소원을 이룰 길을 가르쳐 주옵소서."

하고 조신은 오체투지로 대사의 앞에 너붓이 엎드려 이마를 조아린다.

대사는 왼손 엄지가락으로 염주를 넘기고 말이 없다.

조신은 고개를 들어서 용선을 우러러보고는 또 한 번 땅바닥에 엎드려,

"스님, 법력을 베푸시와서 소승의 소원이 이루어지도록 하여 주시옵소서."

하고 수없이 머리를 조아린다.

"네 분명 달례 아기와 연분을 맺고 싶으냐?"

하고 대사는 염주 세기를 그친다.

"네, 달례 아기와 연분을 맺고 싶습니다."

"왕생극락을 못 하더라도?"

"네, 무량겁의 지옥고를 받더라도."

"축생보를 받더라도?"

"네, 아귀보를 받더라도."

"네 몸뚱이가 지금만 하여도 추악하여서 여인이 보면 십 리 만큼이나 달아나려든, 게다가 더 추한 몸을 받아 나오면 어찌 될꼬?"

용선은 빙긋이 웃는다.

"스님, 단지 일 년만이라도 달례 아기와 인연을 맺는다면 어떠한 악보를 받잡더라도 한이 없겠습니다."

"분명 그러냐?"

"분명 그러하옵니다. 일 년이 멀다면 한 달만이라도, 한 달도 안 된다오면 단 하루만이라도, 단 하루도 분에 넘친다 하오면 이 밤이 샐 때까지만이라도, 스님, 자비를 베푸시와 소승을 살려 주시옵소서. 소승의 소원을 이루어 주시옵소서."

하고 조신은 한 번 더 일어나서 절을 하고 무수히 머리를 조아린다.

"그래라."

용선은 선뜻 허락하는 말을 준다.

"네? 소승의 소원을 이루어 주십니까?"

조신은 믿지 못하는 듯이 대사를 바라본다.

"오냐, 네 소원이 이루어질 것이다."

"금생에?"

"바로 사흘 안으로."

"네? 사흘 안으로? 소승이 달례 아기와 연분을 맺습니까?"

"오냐, 태수 김공이 사흘 후에 이 절을 떠나기 전에 네 소원이 이루어질 것이다."

"네? 스님? 그게 참말입니까?"

"그렇다니까."

"어리석은 소승을 놀리시는 것 아닙니까? 스님, 황송합니다. 소승이 백 번 죽사와도 스님의 이 은혜는 잊을 수가 없을 것입니다. 스님, 황송합니다."

하고 조신이 일어나서 절한다.

용선은 또 한참 염주를 세더니 손으로 무릎을 치며,

"조신아!"

하고 부른다.

"네."

"네 꼭 내 말대로 하렷다."

"네, 물에 들어가라시면 물에, 불에 들어가라시면 불에라도."

"꼭 내가 시키는 대로 하렷다."

"네, 팔 하나를 버리라시면 팔이라도, 다리 하나를 자르라시면 다리라도."

"응, 그러면 네 이제부터 법당에 들어가서 관음 기도를 시작하는데, 내가 부르는 때까지는 나오지도 말고 졸지도 말렷다."

"네, 이틀, 사흘까지라도."

"응, 그리하여라."

"그러면 소승의 소원은 이루어……."

"이 믿지 않는 놈이로고! 의심을 버려라!"

하고 대사는 대갈일성에 주장을 들어 조신의 머리를 딱 때린다.

조신의 눈에서는 불이 번쩍한다.

조신은 나오는 길로 목욕하고 새 옷을 갈아입고 관음전으로 들어갔다. 용선 대사는 조신이 법당에 들어가는 것을 보고 문을 밖으로 잠그며,

"조신아, 문을 잠갔으니 내가 부를 때까지 나올 생각 말고 일심으로 관세음보살을 부르렷다. 행여 딴 생각할세라."

"네."

하는 소리가 안에서 들렸다.

"나무 대자대비 관세음보살 관세음보살……."

하는 조신의 염불 소리가 밤이 깊도록 법당에서 울려 나왔다. 조신은 죽을힘을 다하여서 관세음보살을 불렀다.

"열심으로 잡념 들어오게 말고."
하던 용선 대사의 음성이 조신의 귓가에 붙어서 떨어지지 아니하였다.

등잔불 하나에 비추어진 관음전은 어둠침침하였다. 그러한 속에 조신은 가부좌를 걷고 앉아서 목탁을 치면서 관세음보살을 불렀다. 그러는 동안에도 조신의 눈은 언제나 관세음보살님의 얼굴에 있었다. 반년 남아 밤이면 자라는 쇠가 울기까지 이 법당에서 이 모양으로 앉아서 이 모양으로 관세음보살님의 얼굴을 바라보면서 칭호를 하였건마는, 오늘 밤에는 특별히 관세음보살님의 상이 살아 계신 듯하였다. 이따금 그 정병을 드신 손이 움직이는 것도 같고 가슴이 들먹거리는 듯도 하고 자비로운 웃음 띠신 그 눈이 더욱 빛나는 것도 같았다. 조신이 더욱 소리를 가다듬고 정신을 모아서,

"관세음보살, 관세음보살."
하고 부르면 관세음보살상의 한일자로 다물어진 입술이 방긋이 벌어지는 듯까지도 하였다.

그러나 다음 순간에 보면 관세음보살님의 입술은 여전히 다물려 있었다.

절에서는 대중이 모두 잠이 들었다.

오직 석벽을 치는 물결 소리가 높았다 낮았다 하게 조신의 귀

에 울려 올 뿐이었다. 그러고는 조신이 제가 치는 목탁 소리와 제가 부르는 염불 소리가 어디 멀리서 울려오는 남의 소리 모양으로 들릴 뿐이었다.

"관세음보살, 관세음보살, 관세음보살."

조신이 피곤함을 느낄수록 잡념이 들어오기 시작하였다.

'잡념이 들어오면 정성이 깨어진다!'

하여 그는 스스로 저를 책망하였다. 그러고는 목탁을 더욱 크게 치고 소리를 더욱 높였다.

잡념이 들어올 때에는 눈앞에 계시던 관세음보살상이 스러져서 아니 보이는 것 같았다. 그러다가 잡념을 내쫓은 때에야 금빛 나는 관세음보살상이 여전히 눈앞에 계셨다.

"나무 대자대비 관세음보살 마하살."

하고 조신은 관세음보살 명호를 갖추어 부름으로 잡념이 아니 들어오고 관세음보살님의 모양이 한 찰나 동안도 눈에서 스러지지 아니하기를 힘써 본다.

등잔 기름이 반 남아 달았으니 새벽이 가까웠을 것이다.

낮에 쉴 사이 없이 일을 하였고, 또 달례로 하여서 정신이 격동이 된 조신은 마음은 흥분하였으면서도 몸은 피곤하였다. 또 칭호가 만념도 넘었으니, 그것만으로도 피곤할 만하였다.

"이거 안 되겠다."

하고 조신은 자주 정신을 가다듬었다. 그러나 사흘 동안이야 설마 어떠랴 하던 것은 어림없는 생각이었다. 조신의 정신은 차차 흐리기 시작하였다.

조신은 무거워 오는 눈시울을 힘써 끌어올려서 관세음보살을 아니 놓치려고 힘을 썼다.

그러나 어느 틈엔지 모르게 조신은 퇴 밑에 벗어 놓인 달례의 분홍 신을 보면서 관세음보살을 부르고 있었다.

조신은 목탁이 부서져라 하고 서너 번 크게 치고,

"나무 대자대비 서방 정토 극락세계 관세음보살 마하살."

하고 불렀다.

그러나 그것도 잠시요, 또 수마(睡魔)는 조신을 덮어 누르는 듯하였다.

이번에는 앞에 계신 관세음보살상이 변하여서 달례가 되었다. 분홍 긴 옷을 입고 흰 버선을 신고 옥으로 깎은 듯한 두 손을 내밀어 지난 봄 조신의 손에서 철쭉을 받으려던 자세를 보이는 듯하였다.

조신은 벌떡 일어나서 달례를 냅다 안으려 하였으나, 그것은 허공이었고 불탑 위에서는 여전히 관세음보살님이 빙그레 웃고 계시었다.

조신은 다시 목탁을 두들기고,

"나무 관세음보살 마하살."
하고 소리 높이 불렀다.

얼마나 오래 불렀는지 모른다. 조신은 이 천지간에 제가 부르는 '관세음보살' 소리가 꽉 찬 듯함을 느꼈다. 달례도 다 잊어버리고 제가 지금 어디 있는 것도 다 잊어버리고 저라 하는 것도 잊어버린 것 같았다. 오직,

"나무 관세음보살."
하는 소리만이 살아 있는 것 같았다.

이때였다.

"똑, 똑, 똑, 똑."

"달그닥달그닥."
하고 소리가 조신의 귓결에 들려왔다.

또 한 번,

"달그닥달그닥."
하는 소리가 났다.

조신은 소스라쳐 놀라는 듯이 염불을 끊고 귀를 기울였다. 그 누군고? 달례였다. 달례는 어제 볼 때와 같이 분홍 긴 옷을 입고 흰 버선을 신고 방그레 웃으며 들어왔다.

"아가씨!"

조신은 허겁지겁으로 불렀으나, 감히 손을 내밀지는 못하고

합장만 하였다. 조신은 거무스름한 장삼에 붉은 가사를 걸고 있었다.

"스님, 기도하시는 곳에 제가 이렇게 무엄히 들어왔습니다. 그렇지만 아무리 참으려고 참을 수가 없어서 어머님 잠드신 틈을 타서 이렇게 살짝 빠져 나왔습니다. 남들은 다 잠이 들어도 저만은 잠을 못 이루고 스님이 관세음보살 염하시는 소리를 하나도 빼지 아니하고 다 듣고 있었습니다."

"그러기로 이 밤중에 아가씨가 어떻게 여기를!"

"사모하옵는 스님이 계시다면 어디기로 못 가겠습니까? 산인들 높아서 못 넘으며 바다인들 깊어서 못 건너겠습니까? 스님이 저 동해 바다 건너편에 계시다 하오면 동해 바다라도 훌쩍 뛰어서 건너갈 것 같습니다."

하는 달례의 가슴은 마치 사람의 손에 잡힌 참새의 것과 같이 자주 발락거렸다.

"못 믿을 말씀이십니다. 그러기로 소승 같은 못나고 찌그러진 것을, 무얼!"

하고 조신은 부끄러운 듯이 고개를 숙인다.

"못나고 잘나기는 보는 사람의 마음입니다. 제 마음에는 스님은 인간 어른은 아니신 듯……."

"아가씨는 소승을 어리석게 보시고 희롱하시는 것입니까?"

"아이, 황송한 말씀도 하셔라. 이 가슴이 이렇게 들먹거리는 것을 보시기로서니, 이 깊은 밤에 부모님의 눈을 기이고 이렇게 스님을 찾아온 것을 보시기로서니, 어쩌면 그렇게도 무정한 말씀을……."

달례는 한삼을 들어서 눈물을 씻는다.

"그러기로 아가씨와 같이 귀한 댁 따님으로, 아가씨와 같이 세상 더 볼 수 없는 아름다운 이로 천하가 다 못났다 하는 소승을……."

"지난봄 언뜻 한 번 뵈옵고는 스님의 높으신 양지를 잊을 길이 없어서."

"그러기로 아까 낮에 축원문을 들으니, 아가씨는 벌써 모례 서방님과……."

"스님, 그런 말씀은 말아 주세요. 부모님 하시는 일을 어길 수가 없어서 아이참, 여기서 이렇게 오래 이야기하다가 노스님의 눈에라도 뜨이면, 어쩌다가 부모님이라도 제 뒤를 밟아 나오시면, 어머님께서 잠시 제가 곁에 없어도 '아가 달례야, 달례 아기 어디 갔느냐?' 하시고 걱정을 하시는걸."

하고 달례는 조신의 등 뒤에 몸을 숨기며 두 손으로 조신의 어깨를 꼭 잡는다. 조신의 귀에는 달례의 뜨거운 입김과 쌔근쌔근 하는 가쁜 숨소리가 감각된다. 조신은 사지를 가눌 수 없는 듯함을 느낀다.

"아, 물결 소리로군. 오, 또 늙은 소나무에 바람 불어 지나가는 소리."

하고 달레는 조신의 등에서 떨어져서 앞에 나서며,

"자, 스님 저를 데리고 가세요."

하고 조신의 큰 손을 잡을 듯하다가 만다.

"어디로?"

하고 조신은 일종의 무서움을 느낀다.

"어디로든지, 스님과 저와 단둘이서 살 데로."

"정말입니까?"

"그럼, 정말 아니면 어떡허게요. 자, 어서어서 그 가사와 장삼을 벗으세요. 중도 장가듭니까? 자, 어서어서. 누구 보리다."

조신은 가사를 벗으려 하다가 잠깐 주저하고는 관세음보살상을 향하여 합장 재배하고,

"고맙습니다. 관세음보살님, 고맙습니다. 제자의 소원을 이루어 주시오니 고맙습니다."

하고는 가사와 장삼을 홰홰 벗어서 마룻바닥에 내던지고 앞서서 나온다.

달례도 뒤를 따른다. 달례는 법당 문밖에 나서자, 보퉁이 하나를 집어 들고 사뿐사뿐 조신의 뒤를 따라서 대문 밖에를 나섰

다. 지새는 달이 산머리에 걸려 있었다.

"그 보퉁이는 무엇입니까?"

하고 조신은 누구 보는 사람이나 없는가 하고 사방을 돌아보면서, 나무 그늘에 몸을 숨기고 묻는다.

달례도 나무 그늘에 들어와서 조신의 옆에 착 붙어 서며, 보퉁이를 들어서 조신에게 주며,

"우리들이 일평생 먹고 입고 살 것."

하고 방그레 웃는다.

조신은 그 보퉁이를 받아 든다. 무겁다.

"이게 무엇인데 이렇게 무거워요?"

"은과 금과 옥과……. 자, 어서 달아나요. 누가 따라 나오지나 않나. 원, 사령들 중에는 말보다도 걸음을 잘 걷는 사람이 있어요. 자, 어서 가요. 어디로든지."

조신이 앞서서 걷는다.

늦은 봄이라 하여도 새벽바람은 추웠다.

"어서 이 고을 지경은 떠나야."

하고 달례는 뒤에서 재촉하였다.

"소승이야 하루 일백오십 리 길은 걷지마는 아가씨야……."

"제 걱정은 마세요. 스님 가시는 데면 어디든지 얼마든지 따라갈 테니요."

두 사람은 동구 밖에 나섰다. 여기서부터는 큰길이어서 나무 그림자도 없었다. 달빛과 산그늘이 서로 어우러지고 풀에는 이슬이 있었다.

"이 머리를 어떡허나?"

하고 달례도 걱정스러운 듯이 조신의 찌그러진 머리를 보았다.

"아무리 송낙을 쓰기로니 머리가 자라기 전에야 중인 것을 어떻게 감추겠습니까?"

"그러면 나도 머리를 깎을까요?"

하고 달례는 두 귀 밑에 속발한 검은 머리를 만져 본다.

"그러하더라도 남승과 여승이 단둘이서 함께 다니는 법은 어디 있습니까?"

"그래도 중이 처녀 데리고 다닌다는 것보다는 낫지요."

"그럼 이렇게 할까요? 나도 머리를 깎고 남복을 하면 상좌가 아니 되오."

"이렇게 어여쁜 남자가 어디 있겠소?"

두 사람의 말에서는 점점 경어가 줄어든다.

"그럼, 이렇게 합시다. 나는 머리를 깎지 말고 스님의 누이동생이라고 합시다."

"누이라면 얼굴이 비슷해야지, 나같이 찌그러지고 시커먼 사내에게 어떻게 아가씨 같은 희고 아름다운 누이가 있겠소."

"그러면 외사촌 누이라고 할까?"

"외사촌이라도 조금은 닮은 구석이 있어야지."

"그러면 어떻게 하나?"

"벌써 동이 트네. 해뜨기 전 어디 가서 숨어야 할 텐데."

"글쎄요. 뒤에 누가 따르지나 않나 원."

두 사람은 잠깐 걸음을 멈추고 온 길을 돌아본다.

"그러면 이렇게 합시다."

하고 조신이 다시 말을 꺼낸다.

"어떻게요?"

하고 달례가 한 걸음 가까이 와서 조신의 손을 잡는다.

"아가씨를 소승의 출가 전 상전의 따님이라고 합시다."

"그러면?"

"아가씨 팔자가 기박하여 어려서 집을 떠나서 부모 모르게 길러야 된다고 하여서, 소승이 모시고 어느 절에 가서 아가씨를 기르다가 이제 서울 댁으로 모시고 간다고 그럽시다. 그러면 감쪽같지 않소?"

"황송도 해라. 종이라니?"

"아무려나 오늘은 그렇게 하기로 합시다. 그리고 이제는 먼동이 훤히 텄으니, 산속에 들어가 숨었다가 햇발이나 많이 올라오거든 인가를 찾아갑시다. 첫새벽에 길에서 사람을 만나면 도망꾼으로 알지 아니하겠소?"

"스님은 지혜도 많으시오. 오래 도를 닦으셨기에 그렇게 지혜가 많으시지."

하고 달레는 웃었다.

조신은 달레의 말에 부끄러웠다. 그러나 평생 소원이요, 죽기로써 얻기를 맹세하였던 달레를 이제는 내 것을 만들었다 하는 기쁨이 더욱 컸다.

두 사람은 길을 버리고 산골짜기로 들었다. 아직 풀이 자라지 아니하여서 몸을 감출 수 없는 것이 안타까웠다.

"아가씨, 다리 아니 아프시오?"

"다리가 아퍼요."

"그럼 어떡허나? 이 보퉁이를 드시오, 그리고 내게 업히시오."

"아이, 숭해라. 그냥 가세요."

두 사람은 한정 없이 올라갔다. 아무리 올라가도 동해 바다가 보이고 산 밑으로 통한 길이 보이는 것만 같았다.

"이만하면 꽤 깊이 들어왔는데."

하고 조신은 돌아서서 앞을 바라보았다. 아직 해가 오르지 아니하였다. 다만 동쪽 바다에 가까운 구름이 누르스름하게 물이 들기 시작하였을 뿐이다.

"이제 고만 가요."

"아직도 길이 보이는데."

"그래도 더 못 가겠어요."

하고 달례는 몸을 못 가누는 듯 젖은 바위에 쓰러지듯 앉는다.

"조금만 더 올라갑시다. 이 물줄기가 꽤 큰 것을 보니 골짜기가 깊을 것 같소. 길에서 안 보일 만한 데 들어가서 쉽시다."

"아이, 다리를 못 옮겨 놓겠는데."

"그럼, 내게 업히시오."

하고 조신은 달례에게 등을 돌려 댄다.

"그러기로 그 보퉁이도 무거울 터인데 나꺼정 업고 어떻게 산길을 가시랴오?"

"그래도 어서 업히시오. 소승은 산길에 익어서 평지 길이나 다름이 없으니 자, 어서."

달례는 조신의 등에 업혔다. 어린애 모양으로 두 팔로 조신의 어깨를 꼭 잡고 뺨을 조신의 등에 대었다.

조신은 평생 처음으로 여자의 몸에 몸을 닿인 것이다. 비록 옷 입은 위라 하더라도 달례의 부드럽고 따뜻한 살 기운을 감촉할 수가 있는 것 같았다.

조신은 달례를 업은 것이 기쁘고 보퉁이가 무거운 것이 기뻤다. 그는 한참 동안 몸이 더 가벼워진 듯하여서 성큼성큼 시내를 끼고 올라갔다. 천 리라도 만 리라도 갈 수 있을 것만 같았다.

이따금 짐승이 놀라서 뛰는 소리도 들리고 무척 일찍 일어나는 새소리도 들렸다. 그러한 때마다 조신은 마치 용선 화상이나 평목이,

"조신아, 조신아!"

하고 부르는 것만 같아서 몸을 멈칫멈칫하였다.

"우리가 얼마나 왔어요?"

하고 등에 업힌 달례가 한삼으로 조신의 이마와 목의 땀을 씻어 주며 물었다.

"어디서, 낙산사에서? 큰길에서?"

"낙산사에서."

"오십 리는 왔을 것이오."

"길에서는?"

"길에서도 오 리는 왔겠지."

"인제 고만 내립시다."

"좀 더 가서."

"그건 그렇게 멀리 가면 무엇하오? 나올 때 어렵지요."

"관에서 따라오면 어떡허오?"

"해가 떴어요."

"어디!"

"저 앞에 산봉우리 보세요."

조신은 고개를 들어서 앞을 바라보았다. 과연 상봉에 불그레하게 아침별이 비추였다.

"인제 좀 내려놓으세요."

하고 달례는 업히기 싫다는 어린애 모양으로 두 팔로 조신의 어깨를 떠밀고 발을 버둥거렸다.

조신은 언제까지나 달례를 업고 있고 싶었다. 잠시도 몸에서 내려놓고 싶지 아니하였다. 그러나 팔은 아프고 땀은 흐르고 숨은 찼다. 조신은 거기서 몇 걸음을 더 걷고는 달례를 등에서 내려놓았다.

올려 쏘기 시작하는 아침 햇빛은 순식간에 골짜기까지 내려왔다. 하늘에 닿는 듯한 소나무 잣나무 사이로 금화살 같은 볕이 쭉쭉 내려 쏘아서 풀잎에 이슬방울들이 모두 영롱하게 빛나고 시냇물 소리도 햇빛을 받아서는 더 요란한 것 같았다.

"우수수."

"돌돌돌돌."

하는 수풀에 지나가는 바람 소리와 돌 위에 흘러가는 냇물 소리에 섞여서 뻐꾹새와 꾀꼬리와 산새들의 소리가 들리기 시작하였다.

달례는 작은 바위 위에 걸터앉아서 조신을 물끄러미 바라보았다. 그 눈은 다정한 미소가 있으나, 그래도 피곤한 빛은 가릴 수가 없었다. 밤새도록 걸음을 걸었으니 배도 고팠다.

"이제 어디로 가요?"

하고 달레는 어디를 보아도 나무뿐인 골짜기를 휘 둘러보았다.

"글쎄, 어디 좀 쉴 만한 데를 찾아야겠는데, 저 굽이만 돌면 좀 평평한 데가 있을 것도 같은데."

하고 조신은 작은 폭포라고 할 만한 굽이를 가리켰다.

조신의 등에 척척 달라붙은 저고리가 선뜩선뜩하였다.

"좀 더 올라갑시다. 어디 의지할 데가 있어야 쉬지 않아요?"

하고 조신은 깨끗한 굴 같은 것을 생각하였다. 혹은 삼꾼이나 사냥꾼의 막 같은 것을 생각하였다. 그런 것이 있을 것만 같았다. 그러한 데를 찾아서 깨끗이 치워 놓고 달레를 쉬게 하고 또 둘이서 한자리에 쉬는 기쁨을 상상하였다. 그것은 아무도 볼 수 없는 데, 햇빛도 바람결도 볼 수 없는 데이기를 바랐다. 조신과 달레와 단둘이만 있는 데이기를 조신은 바라면서 달레를 두리쳐 업고 또 걷기를 시작하였다.

골짜기가 갑자기 좁아지고 물소리는 더욱 커졌다. 물문이라고 할 만한 좌우 석벽에는 철쭉이 만발하여 있었다.

그 목을 넘어가서는 조신이 상상한 대로 둥그스름하게 평평하게 된 벌판이라고 할 만한 것이 나섰다. 그 벌판에는 잡목이 있었다.

"아이, 저 철쭉 보아요."

하고 등에 업힌 달례가 소리를 쳤다.

"응."

하고 조신은 땀방울이 뚝뚝 흐르는 머리를 쳐들었다.

산비둘기 소리가 구슬프게 들렸다.

마침내 조신은 굴 하나를 찾았다. 개천에서 한참 석벽으로 올라가서 굴의 입이 보였다.

"여기 굴이 있다!"

하고 조신은 기쁜 소리를 질렀다.

"아가씨 여기 계시오. 소승이 올라가 있을 만한가 아니한가 보고 오리다."

하고 조신은 달례를 내려놓고 옷소매로 이마에 땀을 씻고 석벽을 더듬어서 올라갔다.

조신은 습관적으로,

"나무 관세음보살."

을 부르고 그 굴속으로 고개를 쑥 디밀었다. 저 속은 얼마나 깊은지 모르나 사람이 들어가 서고 누울 만한 데도 꽤 넓었다.

"됐다!"

하고 조신은 달례와의 첫날밤의 즐거운 꿈을 생각하면서 굴에서 나왔다.

"아가씨, 여기 쉴 만합니다."

하고는 도로 달례 있는 데로 내려와서 달례더러 거기 잠깐 앉아 기다리라 하고 개천 저쪽 수풀 속으로 들어가서 삭정 솔가지와 관솔과 마른풀을 한 아름 가지고 왔다.

"불을 때요?"

하고 달례가 묻는다.

"먼저 불을 때야지요. 그래서 그 속에 있던 짐승과 버러지들도 나가고 습기도 없어지고 또 춥지도 않고."

하고 조신은 또 가서 나무와 풀을 두어 번이나 안아다가 굴 앞에 놓고 부시를 쳐서 불을 살랐다.

컴컴하던 굴속에서 빨건 불길이 일어나고 바위틈으로는 연기가 새어 나오기 시작하였다.

조신은 나무를 많이 지펴 놓고는 달례 있는 데로 돌아 내려와서 달례를 안고 개천을 건너서 큰 나무 뒤에 숨었다.

"왜 숨으세요?"

하고 달례는 의심스러운 듯이 조신을 쳐다본다.

"짐승이 나오는 수가 있습니다."

"굴속에서?"

"네, 굴은 짐승들의 집이니까."

"무슨 짐승이 나와요?"

"보아야 알지요. 곰이 나올는지 너구리가 나올는지 구렁이가 나올는지."

"에그, 무서워라!"

"불을 때면 다 달아나고 맙니다."

"스님은 굴에서 여러 번 자 보셨어요?"

"중이나 화랑이나 심메꾼이나 사냥꾼이나 굴잠 아니 자 본 사람 어디 있어요?"

이때에 굴속에서 시커먼 곰 한 마리가 튀어나와서 두리번거리다가 뒷산으로 달아 올라가는 것이 보였다.

"곰의 굴이로군."

하고 조신은 달례를 돌아보고 빙그레 웃었다.

"그게 곰이오?"

하고 달례는 조신의 팔에 매달린다.

"아가씨는 곰을 처음 보시오?"

"그럼 말만 들었지."

"가만히 보고 계시오. 또 나올 테니."

"또?"

"그럼 지금 나온 놈이 수놈이면 암놈이 또 나올 게 아니오? 새끼들도 있는지 모르지."

"가엾어라. 그러면 그 곰들은 어디 가서 사오?"

"무어, 우리 둘이 오늘 하루만 빌려 있는 것인데. 우리들이 가면 또 들어와 살겠지요."

"이크, 또 나오네!"

하고 달례는 등을 조신의 가슴에 딱 붙이고 안긴다. 또 한 곰이 새끼들을 데리고 나와서 또 두리번거리다가 아까 나간 놈의 발자국을 봤는지 그 방향으로 따라 올라갔다.

"인제 다 나왔군. 버러지들도 다 달아났을 것이오."

하고 조신은 달례를 한 번 꽉 껴안아 본다. 조신의 목에 걸린 염주가 흔들린다.

조신은 굴 아궁이에 불을 한 거듭 더 집어넣고 또 개천 건너로 가서 얼마를 있더니 칡뿌리와 먹는 풀뿌리들과 송순 많이 달린 애소나무 가장귀를 꺾어서 안고 돌아왔다.

"자, 무얼 좀 먹어야지. 이걸 잡수어 보시오."

하고 먼저 송기를 벗겨서 달례에게 주고 저도 먹었다. 송기는 물이 많고 연하였다.

"맛나요."

하고 달례는 송기를 씹고 송기 벗긴 솔가지를 빨아먹었다.

"송기는 밥이구 송순은 반찬이오. 이것만 먹고서도 며칠은 삽니다."

둘이서는 한참 동안이나 송기와 송순을 먹었다.

"자, 칡뿌리. 이것도 산에 댕기는 사람은 밥 대신 먹는 것이오. 자, 이게 연하고 달 것 같습니다. 응, 응, 씹어서 물을 빨아먹는 건데, 연하거든 삼켜도 좋아요."

하고 조신은 그중 살지고 연할 듯한 칡뿌리를 물에 씻어서 달례를 주었다.

달례는 조신이 주는 대로 칡뿌리를 받아서 씹는다. 조신도 먹는다. 그것들이 모두 별미였다. 곁에 달례가 있으니, 바윗돌을 먹어도 맛이 있을 것 같았다.

얼마쯤 먹은 뒤에 조신은 지나가는 사람이 있더라도 자취를 아니 보일 양으로 나머지를 묶어서 큰 나무 뒤에 감추어 버렸다. 그러고는 물을 많이 마시고, 조신은,

"자, 인제 올라가 굴속에서 쉽시다. 그리고 다리 아픈 것이 낫거든 길로 내려갑시다."

하고 달례의 손을 잡아서 끌고 굴 있는 데로 올라갔다. 불은 거의 다 타고 향긋한 솔깡 냄새가 풍길 뿐이었다.

조신은 타다 남은 불을 굴 가장자리로 모아서 화로처럼 만들어 놓고 솔가지로 바닥에 재를 쓸어 내고 그 위에 마른 풀을 깔았다.

"자, 아가씨, 들어오시오."

하고 조신은 제가 먼저 허리를 굽혀서 굴속으로 들어갔다.

굴속은 후끈하였다.

달례는 잠시 주저하는 듯하더니 조신의 뒤를 따라서 굴속에 들어갔다.

"지금 이 굴속에는 짐승 하나, 버러지 하나 없으니, 마음 놓으시오."

하고 조신은 갸름한 돌을 마른 풀로 싸서 베개까지도 만들어서 달례에게 주었다.

이튿날 아침에 두 사람은 굴속에서 나왔다. 조신은 달례의 얼굴을 밝은 데서 대하기가 부끄러웠으나, 달례는 더욱 부끄러운 듯이 두 손으로 얼굴을 가렸다.

두 사람은 시냇가에 내려와서 양치하고 세수를 하였다.

조신은 세수를 끝내고는 서쪽을 향하여서 합장하고 염불을 하려 하였으나, 어쩐 일인지 두 손이 잘 올라가지를 아니하였다. 제 몸이 갑자기 더러워져서 다시 부처님 앞에 설 수 없는 것 같음을 느꼈다. 그래도 십수 년 하여 오던 습관에 부처님을 염하고 아침 예불을 아니하면 갑자기 무슨 큰 벌력이 내릴 것 같아서 무서웠다. 그래서 조신은 억지로 두 손을 들어서 합장하고 들릴락 말락 한 소리로,

"나무아미타불."

열 번과,

"나무 관세음보살 마하살."

열 번을 불렀다.

조신이 염불을 하고 나서 돌아보니 달례가 조신의 모양을 웃고 보고 섰다가,

"그러고도 염불이 나오시오?"

하고 물었다.

조신은 무안한 듯이 고개를 숙였다.

"제가 공연히 나타나서 스님의 도를 깨뜨렸지요?"

하고 달례는 시무룩하면서 물었다.

"아가씨 곁에 있는 것이 부처님 곁에 있는 것보다 낫습니다."

하고 조신은 겸연쩍은 대답을 한다.

"아가씨는 다 무엇이고, 고맙습니다는 다 무엇이오? 인제는 나는 스님의 아낸데."

하고 달례는 상긋 웃는다.

"그럼, 스님은 다 무엇이오? 나는 아가씨 남편인데."

"또 아가씨라셔, 하하."

"그럼, 갑자기 무에라고 부릅니까?"

"응, 또 부릅니까라셔, 하하. 스님이 퍽은 용렬하시오."

"아가씨도 소승을 스님이라고 부르시면서."

"응, 인제는 또 소승까지 바치시네. 파계한 중이 소승은 무슨 소승이오? 출분한 계집애가 아가씨는 무슨 아가씨고, 하하하."
하고 달례는 조신과 자기를 조롱하는 듯 깔깔대고 웃는다.

조신은 어저께 굴을 찾고 곰을 쫓고 할 때에는, 또 밤새도록 달례에게 팔베개를 주고 무섭지 말게, 추워하지 말게 억센 팔에 폭 껴안아 줄 때에는 자기가 달례의 주인인 것 같더니, 달례가 자기를 보고 파계승이라고 깔깔대고 웃는 것을 보는 지금에는 달례는 마치 제 죄를 다루는 법관과도 같고, 저를 유혹하고 조롱하는 마귀와도 같아서 섬뜨레함을 느꼈다. 그래서 조신은 달례로부터 한 걸음 뒤로 물러섰다.

"스님, 노여우셨어요? 자, 아침이나 먹어요."
하고 달례는 조신이 들고 섰는 보퉁이를 빼앗으며,

"자, 여기 여기 앉아서 우리 아침이나 먹어요."
하고 제가 먼저 물가 바위 위에 앉으며 보퉁이를 끄른다. 그 속에서는 백지에 싼 떡이 나왔다.

조신도 달례의 곁에 앉았다.

"이게 웬 떡이오?"

"도망꾼이 그만한 생각도 아니하겠어요."
하고 떡 한 조각을 손수 떼어서 조신에게 주면서,

"자, 잡수세요. 아내의 손에 처음으로 받아 잡수어 보시오."

하는 양이 조신에게는 어떻게 기쁘고 고마운지 황홀할 지경이었다.

조신은 그것을 받아먹으면서,

"그러면 이 보퉁이에 있는 게 다 떡이오?"

하고 물었다.

"우리 일생 먹을 떡이오."

하고 달례가 웃는다.

"일생 먹을 떡?"

하고 조신은 그것이 은금 보화가 아니요, 떡이라는 것이 섭섭하였다.

"왜, 떡이면 안 돼요?"

"안 될 건 없지마는, 난 무슨 보물이라고."

"중이 욕심도 많으시오. 나 같은 여편네만으로도 부족해서 또 보물?"

하고 달례는 조신을 흘겨본다.

조신은 부끄러웠다. 모든 욕심, 이른바 오욕을 다 버리고 무상도만을 구하여야 할 중으로서 여자를 탐내고 또 보물을 탐내고 이렇게 생각하면 앞날과 내생이 무서웠다.

"보물 좀 보여 드릴까요? 자."

하고 달례는 미안한 듯이 보퉁이 속에 싸고 또 싼 속보퉁이를 끄르고 백지로 싼 것을 또 끄르고 또 끄르자 마침내 그 속에서 금가락지, 금비녀, 은가락지, 은비녀, 옥가락지, 옥비녀, 산호, 금패, 호박 같은 것들이 번쩍번쩍 빛을 발하고 쏟아져 나왔다.

"아이구!"

가난한 집에 태어나서 여태껏 중노릇만 한 조신의 눈에는 이런 것들이 모두 처음이었다. 누런 것이 금인 줄은 부처님 도금을 보아서 알거니와, 그 밖에 다른 것들은 무엇이 무엇인지 이름도 알 길이 없었다.

"이만하면 어디를 가든 우리 일생 평안히 먹고 살지 않아요?"
하고 달레는 굵다란 금비녀를 들어서 흔들어 보이면서,

"이것들을 팔아서 땅을 장만하고, 집을 하나 얌전하게 짓고, 그리고 우리 둘이 아들딸 낳고 산단 말예요. 우리 둘이 머리가 파뿌리 되도록."
하고 조신에게 안긴다.

"늙지도 말았으면."

조신은 늙음이 앞에 서기나 한 것같이 낯을 찡그렸다.

"어떻게 안 늙소?"

달레도 양미간을 찌푸렸다.

"늙으면 죽지 않어?"

"죽기도 하지마는 보기 흉해지지 않소? 얼굴에는 주름이 잡히고 살갗도 꺼칠꺼칠해지고."

"또 기운도 없어지고."

"눈이 흐려지고, 아이 흉해라."

달례는 깔깔대고 웃는다.

조신은 달례의 고운 얼굴과 보드라운 살이 늙으려니 하면 슬펐다. 하물며 그것이 죽어서 썩어지려니 하면 견딜 수 없었다.

"그런 생각은 맙시다, 흥이 깨어지오. 젊어서 어여쁘고 기운 있는 동안에 재미있게 삽시다. 그만 우리 가요. 어디 좋은 데로 가요."

달례는 이렇게 말하고 조신을 재촉하였다.

두 사람은 일어났다.

둘째 권

조신은 달례를 데리고 남으로 남으로 걸었다.

뒤에서 무엇이 따르는 것만 같고 수풀 속에서도 무엇이 뛰어나오는 것만 같았다. 미인과 재물을 지니고 가는 것만 하여도 마음 졸이는 일이어늘 하물며 남의 약혼한 처녀를 빼어 가지고 달아나는 조신의 마음 졸임은 비길 데가 없었다.

게다가 달례의 말을 듣건대, 그의 새서방이 될 뻔한 모례는 글도 잘하거니와 칼도 잘 쓰고 활도 잘 쏘고 말도 잘 달리고 또 풍악도 잘하는 화랑이었다. 모례가 칼을 차고 활을 들고 말을 타고 따라오면 어찌하나 하고 조신은 겁이 났다.

이때에,

"조신아! 조신아. 섰거라!"
하고 외치는 소리가 들렸다.

조신은 다리가 와들와들 떨렸다. 하마터면 그 자리에 주저앉을 뻔하였다.

"어떻게 해, 이를 어째!"
하고 조신은 달례와 보물 보퉁이를 두리쳐 업고 뛰었다. 그러나 겁을 집어먹은 조신의 다리는 방앗공이 모양으로 디딘 자리만 되디디는 것 같았다. 마침 나무 한 포기 없는 데라 어디 숨을 곳도 없었다. 조신에게는 이 동안이 천년은 되는 것 같았다.

"하하하하."
하고 뒤에서 웃는 소리가 들렸다. 이제나 저제나 하고 기다려도 모례의 화살은 날아오지 아니하였다.

"내야, 조신아 내다. 평목이다."

평목은 벌써 조신을 따라잡았다.

조신은 뒤를 돌아보았다. 그것은 분명히 입이 넓기로 유명한 평목이었다.

조신은 그만 달례를 업은 채로 길바닥에 주저앉았다. 맥이 풀린 것이었다.

조신의 몸은 땀에 떴다. 숨은 턱에 닿았다. 목과 입이 타는 듯이 말랐다. 눈을 바로 뜰 수가 없고 입이 열리지를 아니하였다.

평목은 조신의 머리를 싼 헝겊을 벗겼다. 맨숭맨숭한 중대가리다.

“이놈아 글쎄 내 소리도 못 알아들어? 그렇게 내다 해도 못 알아들어?”

평목은 큰 입으로 비쭉거리고 웃었다.

“아이구, 평목아 사람 살려라.”

조신은 비로소 입을 열었다.

“이놈아, 글쎄 중놈이 백주에 남의 시집갈 아가씨를 빼 가지고 달아나니깐 발이 저리지 않아?”

평목은 더욱 싱글싱글하였다.

“그래 너는 어떻게 알고 여기 따라왔니?”

“스님께서 가 보라고 하시니까 따라왔지.”

“내가 이 길로 오는 줄 어떻게 알고?”

“노스님이 무엇은 모르시니? 남으로 남으로 따라가면 만나리라고 그러시더라.”

“그래 너는 왜 온 거야?”

“글쎄, 스님께서 보내셔서 왔다니까.”

“아니, 왜 보내시더냐 말이다.”

“너를 붙들어 오라고. 지금 사또께서 야단이셔. 벌써 읍으로 기별을 하셨으니까, 군사들이 사방으로 떨어날 것이다. 그러면 네가 어디로 달아날 테냐? 바람개비니 하늘로 오를 테냐, 두더지니 땅으로 들 테냐? 꼼짝 못하고 붙들리는 날이면 네 모가지가 뎅겅 떨어지는 날야. 그러니까 어서 나하고 아가씨 모시고 돌아가자, 가서 빌어. 아직 아가씨 말짱하십니다 하고 빌면 네 모가지만은 제자리에 붙어 있을 것이다. 자, 어서 가자."

하고 평목은 달례를 향하여,

"아가씨, 어서 날 따라오시오. 글쎄 아가씨도 눈이 삐었지, 어디로 보기로 글쎄 저런 찌그러진 검둥이놈헌테 반하시오? 자, 어서 가십시다. 만일 진정 모례라는 이가 싫거든 내 좋은 신랑을 한 사람 중매를 하오리다. 하다 못하면 내라도 신랑이 되어 드리지요."

평목은 이렇게 지절대며 달례의 어깨를 밀어서 앞을 세웠다.

"이놈이."

하고 조신은 번개같이 덤벼들어서 평목의 빰을 때렸다.

"네, 이놈! 또 한 번 그런 소리를 해 보아라. 내가 너를 죽여 버리고 말테다."

조신은 씨근씨근하였다.

"이 못난 녀석이 어디 이런 기운이 있었어?"

평목은 달례를 놓고 커다란 입을 벌리고 껄껄 웃었다.

평목이 웃고 보니 조신은 부끄러움이 나서 제 손으로 때린 평목의 뺨이 불그스레하여지는 것을 겸연쩍게 바라보았다.

평목은 어깨에 걸쳤던 보퉁이를 내려서 조신의 앞에 내밀며,

"옜네, 노스님이 보내시는 걸세."

하였다.

"그게 무엔가?"

조신은 더욱 무안하였다.

"끌러 보면 알지."

조신은 끌렀다. 거기서 나온 것은 법당에 벗어 팽개를 치고 왔던 칡베 장삼과 붉은 가사였다.

"이건 왜 보내신다던가?"

조신은 가사와 장삼을 두 손으로 받들고 물었다.

"노스님께서 그러시데. '이걸 조신이 놈을 갖다 주어라. 이걸 보고 조신이 놈이 돌아오면 좋고, 안 돌아오거든 몸에 지니고나 댕기라고 일러라. 지금은 몰라도 살아가노라면 쓸 날이 있으리라.' 그러시데. 그럼 잘 가게, 나는 가네. 부디 재미나게들 살게. 내 사또 뵙고 자네들이 하슬라 쪽으로 가더라고 거짓말을 하여 줌세. 사또도 사또지, 이제 저렇게 된 것을 다시 붙들어 가면 무얼 하노."

하고 평목은 조신과 달례를 바라보고 한 번 씩 웃고는 뒤도 아니 돌아보고 휠휠 오던 길로 가고 말았다.

"고마웨, 평목이 고마웨."
하고 조신이 외쳤으나 평목은 들은 체도 아니하였다.

조신은 용선 노사와 평목의 일이 고마웠다. 그러나 그런 생각도 할 새가 없었다. 조신은 달례를 데리고 어서 달아나야 한다. 모든 것을 다 잃어도 달례를 잃어서는 아니 된다.

평목은 사또에게 조신이 달아난 길을 가르켜 주지 아니한 모양이었다. 그들은 무사히 태백산 밑까지 달아날 수가 있었다. 여러 번 의심도 받았고 또 왈패들을 만나서 달례를 빼앗길 뻔도 하였으나 조신은 그때마다 용하게도 혹은 구변으로 혹은 담력으로 이러한 곤경들을 벗어났다.

"이게 다 관세음보살님 은혜야."

조신은 곤경을 벗어날 때마다 달례를 보고 이런 말을 하였다.

조신은 태백산 깊숙한 곳에 들어가서 터를 잡고 집을 짓고 밭을 일궜다. 모든 것이 다 뜻대로 되는 것만 같았다. 보리를 심으면 보리가 잘되고, 콩을 심으면 콩도 잘되었다. 닭을 안기면 병아리도 잘 까고, 병아리를 까면 다 잘 자랐다. 개도 말같이 크고, 송아지도 얼른 큰 소가 되었다. 호박도 동이만하게 열었다. 물도 좋고 바람도 좋았다. 이따금 호랑이, 곰, 멧돼지, 살쾡이, 족제비 같은 것이 내려오는 모양이나 아직도 강아지 하나, 병아리 한 마리 잃은 일이 없었다.

"관세음보살님 덕이야, 산신님 덕이고."

조신은 이렇게 기뻐하였다.

이러한 속에 옥 같은 달례를 아내로 삼아 가지고 살아가는 조신은 참 복되었다. 이웃에 사는 사람들도 다 부러워하였다.

첫아들을 낳았다. 그것은 꿈에 미력(미륵)님을 뵈옵고 났다고 하여서 '미력이'라고 이름을 지었다.

다음에 딸을 낳았다. 그것은 꿈에 달을 보고 났다고 하여 '달보고'라고 이름을 지었다.

셋째로 또 아들을 낳았다. 그것은 꿈에 칼(劍)을 보고 낳았다고 하여서 '칼보고'라고 이름을 지었다.

넷째로 또 딸을 낳았다. 그의 이름은 '거울보고'였다.

인제는 조신에게는 부족한 것이 아무것도 없었다. 단 한 가지 걱정되는 것은 늙는 것이었다.

조신은 벌써 오십이 가까웠다. 머리와 수염에 희끗희끗한 것이 보이고 그렇게 꽃 같은 달례도 자식을 넷이나 낳으니 눈초리에 약간 잔주름이 보이고 살에 빛도 줄었다. 달례도 벌써 삼십이 넘었다. 조신은 아니 늙으려고 산삼도 캐러 다니고 사슴도 쏘러 다녔다.

"내가 살자고 너를 죽이는구나."

하고 조신은 살을 맞고 쓰러져서 아직 채 죽지도 아니한 사슴의 가슴을 뚫고 그 피를 빨아먹었다. 그리고 용(茸)을 갖다가 식구들이 다 나눠 먹었다.

산삼도 먹었다.

이것으로 정말 아픔과 늙음과 죽음이 아니 오려는가?

하루는 조신이 삼을 캐러 갔다가 집에 돌아오니 미력이, 달보고, 칼보고 세 아이가 나와 놀다가 아비가 돌아오는 것을 보고,

"아버지, 손님 왔어."

하고 조신에게로 내달았다.

"손님? 어떤 손님?"

조신은 가슴이 덜컥 내려앉은 것 같았다. 이 집에 찾아올 손님이 있을 리가 없었다.

"중이야."

"중?"

조신은 벌써 중이 아니었다.

"응, 입이 커다래."

"엄마가 알든?"

"처음에는 '누구세요?' 하고 모르더니 손님이 이름을 대니까 엄마가 알던데."

"이름이 뭐래?"

"무에라더라? 무슨 목이."

조신은 다 알았다. 평목이로구나 하고,

"평목이라던?"

하고 미력이를 보고 물었다.

"옳아, 평목이 평목이래, 하하."

아이들은 평목이라는 이름과 입이 커다란 것을 생각하고 웃는다.

그러기로 평목이 어찌하여서 왔을까. 대관절 어떻게 알고 찾아왔을까. 조신은 큰 비밀이 깨어질 때에 제게 있는 모든 복이 터무니없이 깨어지는 것 같아서 섬뜨레하였다.

조신은 그동안 십여 년을 마음 턱 놓고 살았던 것이다. 남의 시집갈 처녀를 훔쳐 왔다는 것이 마음에 걸리기는 하나 그렇더라도 이제야 뉘가 알랴 한 것이었다.

달례의 부모도 인제는 달례를 찾는 것을 단념하였을 것이요, 또 모례도 인제는 다른 새아씨한테 장가를 들었으리라고 생각하였기 때문에 마음을 놓고 있었다.

그러하던 것이 불의에 평목이 온 것을 아니, 기억은 십오 년 전으로 돌아가 마치 바늘방석에 앉은 것 같았다.

평목이란 조신이 알기에는 결코 좋은 중은 아니었다. 낙산사에 있을 때에 용선 대사의 눈을 속이고는 술도 먹고 고기도 먹고 또 재 올리러 온 젊은 여자들을 노리기도 하던 자였다. 또 도적질도 곧잘 하던 자였다. 그 커다란 입으로 지절대는 소리는 모두 거짓말이었고 남을 해치는 말이었다.

그런데 이 작자가 조신과 달례를 곱다랗게 놓아 보낸 것이 수상하다고 생각하였으나 그것은 용선 대사의 심부름이기 때문이라고 조신은 생각하였다.

집에 온 것은 과연 평목이었다. 그도 인제는 중늙은이었다.

"평 스님, 이게 웬일이오?"

조신은 옛날 습관으로 중의 인사를 하였다.

"지나던 길에 우연히 들렀소."

하고, 평목도 십오 년 전 서로 작별할 때보다는 무척 점잖았다.

그날 밤 조신은 평목과 한 방에서 잤다.

두 사람은 낙산사의 옛날로 돌아가서 이야기가 끝날 바를 몰랐다. 용선 대사은 아직도 정정하시고 평목은 이번 서라벌까지 다녀오는 길에 산천 구경 겸 온 것이라고 하였다.

그러나 물론 조신은 평목의 말은 무엇이나 반신반의하였다. 더구나 평목 자신에 대한 말은 믿으려고도 아니하였다.

이것은 조신만이 그런 것이 아니라 평목을 잘 아는 사람은 다 그러하였다. 평목은 악인은 아니나 거짓말쟁이였다.

"그런데 아무려나 기쁘오. 참 재미나게 사시는구려."

평목은 이렇게 말하였다. 조신에게는 평목의 말이 빈정거리는 것으로 들릴뿐더러, 그 말에는 독이 품긴 것 같았다.

"재미가 무슨 재미요? 부끄러운 일이지."

하고 조신은 노스님이 평목을 시켜서 보내어 준 가사와 장삼을 생각하였다. 오랫동안 잊어버렸던 것이기 때문에 지금은 그것이 어디 들었는지도 알 수 없었다.

"재미가 무슨 재미? 그럼 나허구 바꾸려오?"

평목은 벌떡 일어나 앉으며 이런 소리를 하였다.

"바꾸다니?"

조신은 불끈함을 느꼈다.

"아니, 나는 이 집에서 재미나게 살고 스님은 나 모양으로 중이 되어서 떠돌아다녀 보란 말요."

평목은 농담도 아닌 것같이 이런 소리를 하였다.

"에잉?"

하고 조신은 돌아누우며,

"원, 아무리 친한 처지라 하여도, 농담이라 할지라도 할 말이 다 따로 있는 것이지, 그게 다 무슨 소리란 말요?"

하고 쩝 소리가 나도록 입맛을 다시었다. 평목이 달례에게 불측한 생각을 가졌거니 하니 당장에 평목을 어떻게 하기라도 하고 싶었다.

"흥, 어디 내게 그렇게 해 보오. 이녁은 남의 아내를 훔쳐 낸 사람 아니오? 내 입에서 말 한마디만 나와 보오. 흥, 재미나게 살겠소. 모가지는 뉘 모가지가 날아나고? 강물은 제 곳으로 가고 죄는 지은 데로 가는 거야. 모례가 지금 어떻게 당신을 찾는 줄 알고."

평목은 침을 탁 뱉었다.

모례란 말에 조신은 전신이 오그라드는 듯하였다. 모례는 달례의 남편이 될 사람이었다. 칼 잘 쓰고 말 잘 타기로 서울에까지 이름이 난 화랑이었다.

조신도 화랑이란 것을 잘 아는 바에 화랑이란 한 번 먹은 뜻이 변함없고, 한 번 맺은 의를 끊는 법이 없다. 모례가 십육 년이 지난 오늘에도 달례를 찾는 것은 당연한 일인 것 같았다. 그렇게 생각하면 조신은 무서웠다. 한 번 모례와 마주치는 날이면 매를 만난 새와 같아서 조신은 아무리 날쳐도 그 손을 벗어나지 못할 줄을 안다.

이렇게 생각하고 조신은 벌떡 일어났다.

"평 스님, 아니, 정말 모례가 아직도 나를 찾고 있소?"

"어찌 안 찾을 것이오? 제 아내를 빼앗기고 찾지 않을 놈이 어디 있단 말요. 하물며 화랑이어든. 화랑이, 그래 한 번 먹은 뜻이 변할 것 같소?"

"아니, 평 스님, 똑바로 말하시오. 정말 모례가 나를 찾소?"

"찾는단밖에. 이제 다 버린 계집을 찾아서 무엇하겠소마는 두 연놈을 한칼로 쌍동 자르기 전에 동이덩이같이 맺힌 분이 풀릴 것 같소?"

"아니. 정말 평 스님이 모례를 보았느냐 말이오? 정말 모례가 이 조신을 찾는 것을 보았느냐 말이오?"

"글쎄 그렇다니까. 모례가 그때부터 공부도 벼슬도 다 버리고 원수 갚으러 나섰소. 산골짜기마다 굽이 샅샅이 뒤져서 아니 찾고는 말지 아니할 것이오. 오늘이나 내일이나 여기도 올는지 모르지. 스님도 그만큼 재미를 보았으니 인제 그만 내놓을 때도 되지 않았소? 인제는 벌을 받을 날이 왔단 말요."

평목은 어디까지나 조신을 간질여 죽이려는 듯이 눈과 입가에 비웃음을 띠고 있었다.

"스님."

하고 조신은 떨리는 음성으로,

"스님, 이 일을 어찌하면 좋소? 그때에도 스님이 나를 살리셨으니 이번에도 스님이 나를 살려 주시오. 네 아이들을 불쌍히 여기셔서 스님이 나를 살려 주시오. 제발 활인 공덕을 하여 주시오. 여섯 식구를 죽게 하신대서야 살생이 되지 않소? 평 스님, 제발 나를 살려 주시오."

하고 두 팔을 짚고 꿇어앉아서 수없이 평목의 앞에 머리를 조아렸다.

"글쎄, 스님도 그렇게 좋은 말로 하시면 모르지마는 스님이 만일 아까 모양으로 내 비위를 거스른다면 나도 다 생각이 있단 말이오. 안 그렇소?"

평목은 가슴을 내밀고 고개를 잦힌다.

"그저 다 잘못했으니 살려만 주오."

조신은 또 한 번 이마를 조아린다.

"그러면 내가 스님이 같이 살던 부인이야 어찌 달라겠소마는 따님을 날 주시오. 아까 보니까 이쁘장한 게 어지간히 쓰이겠습니다."

평목의 이 말에 조신은 한 번 더 가슴에서 분이 치밀고 눈초리에 불꽃이 튀는 것을 느꼈다. 그러는 순간에 번뜩 조신의 눈앞에는 도끼가 보였다. 나무를 찍고 장작을 패는 도끼다. 기운으로 말하면, 평목이 조신을 당할 리가 없다. 당할 수 없는 것은 오직 평목의 입심과 능글능글함이었다.

도끼는 방 한편 구석에 누워 있었다. 새로 갈아 놓은 날이 등잔불을 받아서 번쩍번쩍 빛났다.

'당장에 평목의 골통을 패어 버릴까?'

하고 조신은 두 주먹을 불끈 쥐었으나 참았다. 그리고 웃는 낯으로,

"그걸, 아직 어린 걸."
하고 눙쳐 버렸다.

"어리기는 열다섯 살이 어려요?"

평목의 눈이 빛났다.

조신은 한 번 더 동이덩이 같은 것이 치미는 걸 삼켜 버렸다.

"자, 인제 늦었으니 잡시다. 내일 마누라하고도 의논해서 좋도록 하십시다."

조신은 이렇게 말하고 자리에 누웠다. 평목도 누웠다.

조신은 잠이 들지 아니하였다. 헛코를 골면서 평목이 하는 양을 엿보았다. 평목은 잠이 드는 모양이었다.

평목이 코를 고는 것을 보고야 조신은 마음을 놓았다.

평목이 깊이 잠이 들기를 기다려서 조신은 소리 아니 나게 일어났다.

'암만해도 평목의 입을 막아 놓아야 할 것이다.'

조신은 이렇게 생각하고 구석에 놓인 도끼를 생각하였으나 방과 몸에 피가 묻어서 형적이 남을 것을 생각하고는 목을 매어 죽이기로 하였다.

조신은 손에 맞는 끈을 생각하다가 허리띠를 끌렀다.

평목이 꿈을 꾸는지 무슨 소리를 지절거리며 돌아누웠다.

조신은 죽은 듯이 가만히 있었다. 그러나 평목이 움직이는 것을 보고는 죽이는 것이 무서워졌다.

'사람을 죽이다니.'

하고 조신은 진저리를 쳤다.

그렇지마는 평목을 살려 두고는 조신 제 몸이 온전할 수가 없었다. 평목에게 딸을 주기는 싫었다. 딸 달보고는 아비는 아니 닮고 어미를 닮아서 어여뻤다. 그러한 딸을 능구렁이 같은 평목에게 준다는 것은 차마 못할 일이었다.

그뿐 아니다. 설사 딸을 평목에게 주더라도 그것만으로 평목이 가만있을 것 같지 아니하였다. 필시 재물도 달라고 할 것이다. 딸을 주고 재물을 주면 조신의 복락은 다 깨어져 버리고 말 것이다.

'아무리 하여서라도 평목은 없애 버려야 한다.'

조신은 오래 두고 망설이던 끝에 마침내 평목의 가슴을 타고 허리띠로 평목의 목을 졸랐다. 평목은 두어 번 소리를 치고 팔다리를 버둥거렸으나 마침내 조신을 당하지 못하고 말았다. 조신은 전신에서 땀이 흘렀다. 이빨이 떡떡 마주치고 팔다리는 허둥허둥하였다.

조신은 먼저 문을 열고 밖에 나가 보았다. 지새는 달이 있었다. 고요하다.

조신은 다시 방으로 들어와서 평목을 안아 들었다. 평목의 팔다리가 축축 늘어지는 것이 무서웠다.

조신은 나무 그늘을 골라 가면서 평목의 시체를 안고 뒷산으로 올랐다. 풀잎 소리며 또 무엇인지 모르는 소리가 들릴 적마다 조신은 전신이 굳어지는 듯하여서 소름이 쭉쭉 끼쳤다.

조신은 평소에 보아 두었던 굴속에 시체를 집어넣고는 뒤도 아니 돌아보고 집으로 내려왔다. 내일이나 모레나 틈을 보아서 묻어 버리리라고 생각하였다.

이튿날 아침에 아내 달례가,

"손님은 어디 가셨어요?"

하고 물을 때에, 조신은,

"새벽에 떠나갔소."

하고 어색한 대답을 하였다.

사람을 죽인다는 큰 죄를 저지른 사람의 마음이 편안할 리가 없었고, 마음이 편안치 아니하면 그것이 얼굴과 언어 동작에 아니 나타날 수가 없었다.

조신은 밤에도 깜짝깜짝 놀라고 식욕도 줄었다. 늘 근심을 하고 있었다. 동구에 사람의 그림자만 너푼하여도 조신은 가슴이 덜컥 내려앉았다.

이 모양으로 삼사 일이나 지난 뒤에야 조신은 비로소 평목의 시체를 묻어 버리리라 하고 땅을 팔 제구를 가지고 밤에 뒷산에 올라갔다. 그러나 무서워서 그 시체를 둔 굴 가까이 갈 수가 없었다.

어둠 속에 평목이 혀를 빼어 물고 으흐흐흐 하면서 조신에게 덤비어드는 것만 같았다. 그래서 전신에 땀을 쭉 흘리고 집으로 돌아왔다.

그래도 이 시체를 감추어 버리지 아니하면 필경 발각이 날 것이요, 발각이 나면 조신은 살인죄를 지고 말 것이다. 그래서 조신은 기운을 내어서 또 밤에 산으로 갔다. 그러나 이날은 전날보다도 더욱 무서웠다. 다리가 떨려서 옮겨 놓기가 어려웠다. 어둠 속에서도 또 평목이 혀를 빼어 물고 두 팔을 기운 없이 흔들면서 조신을 향하여 오는 것 같았다.

조신은 겁길에 어떻게 온지 모르게 집으로 달려왔다. 전신에는 땀이 쭉 흘렀다.

"어디를 밤이면 갔다 오시오?"

아내는 이렇게 물었다.

조신은 무엇이라고 대답할 바를 몰라서,

"삼 캐러."

하였다.

"밤에 무슨 삼을 캐오?"

아내는 수상하게 물었다.

"산신 기도드리는 거야."

조신은 이러한 대답을 하였다.

산신 기도란 말을 하고 보니 또 새로운 걱정이 생겼다. 그것은 시체를 묻지도 아니하고 내버려 두었기 때문에 필시 산신님이 노염을 사서 큰 동티가 나리라 하는 것이었다.

'산신 동티란 참 무서운 것인데.'

하고 조신은 몸에 소름이 끼쳤다. 산신님이 노하시면 적으면 삵, 족제비, 너구리 같은 것이 난동하여서 닭이며 곡식을 해롭게 하고 크면 늑대, 곰, 호랑이, 구렁이 같은 짐승을 내놓아서 사람을 해한다는 것이다.

산신제를 지내자니 사람을 죽인 몸이라 부정을 탈 것이요…….

'어떡허면 좋은가…….'

하고 조신은 잠을 이루지 못하였다.

이러한 생각을 하면 벌써 산신 버력이 내리는 것만 같았다.

금시에 상명에(큰 구렁이)가 지붕을 뚫고 내려와서 제 몸을 감을는지도 모른다. 호랑이가 내려와서 사랑하는 아내와 아이들을 물어 죽일는지도 모른다.

조신은 머리가 쭈뼛쭈뼛함을 느낀다.

그러나 조신은 모처럼 쌓아 놓은 행복을 놓아 버릴 수는 없었다. 아무리 하여서라도 언제까지나 꼭 붙들고 매달리지 아니하면 아니 된다.

조신은 용선 대사이 주신 가사를 생각하였다. 몸에 가사만 걸치면 천지간에 감히 범접할 귀신이 없다는 것이다. 그러나 부처님이 명하신 계행을 깨뜨린 더러운 몸에 이 가사를 걸치면 가사가 불길이 되고 바람이 되어서 그 사람을 아비지옥으로 불어 보낸다는 것이다.

'그 가사 장삼을 집에 두어서 이런 변사가 생기는 게 아닐까?'

조신은 이렇게도 생각하여 보았다.

그렇게 생각하니 검은 장삼과 붉은 가사가 저절로 너풀너풀 허공에 날아 올라가는 것 같아서 조신은 몸서리를 쳤다.

너풀너풀 가사 장삼은 조신의 눈앞에 있어서 오르락내리락 한다.

조신은 눈을 떠 보았다.

캄캄하다.

어둠 속에는 수없는 가사와 장삼이 너풀거렸다.

그중에는 평목의 모양도 보이고 용선 대사의 모양도 보였다. 그러나 용선 대사의 모양은 곧 스러졌다.

조신은 정신이 어지러워서 진접할 수가 없었다. 일어나고 싶으나 가위 눌린 사람같이 몸을 움직일 수가 없었다.

아내의 얼굴도 무섭게 나타난 여귀 같았다.

아이들의 얼굴도 매서운 귀신과 같았다.

조신은 어찌할 줄 몰랐다. 눈을 떠도 무섭고 눈을 감아도 무서웠다.

'아아, 내가 왜 이럴까. 밤길을 혼자 가도 무서움을 아니 타던 내가 왜 이럴까.'

조신은 정신을 수습하려고 애를 써 보았으나 안 되었다. 모든 것이 다 저를 위협하고 해치려는 원수인 것 같았다.

조신은 낙산사 관음상을 마음에 그려 보려 하였다. 그 자비하신 모습을 잠깐만 뵈와도 살아날 것만 같았다. 이러한 경우에 사랑하는 처자로는 아무러한 힘도 없었다. '나무' 하고, '대자대비 관세음보살 마하살'을 부르려 하나 입이 열리지 아니하였다.

전신이 얼어 들어오는 듯하였다.

조신은 아무리 하여서라도 관세음보살상을 뵈오려 하나 나오는 것은 무서운 형상뿐이었다. 눈망울 툭 불거진 사천왕상이 아니면 머리에 뿔 돋친 염라국 사자의 모양뿐이었다.

가사와 장삼이 어지럽게 너풀거리던 어둠 속에, 눈망울 불거지고 뿔 돋친 귀신들, 머리 풀어 헤치고 입에서 피 흘리는 귀신들이 어지러이 나타나서 조신을 노려보았다.

다음 순간에 조신의 눈앞에는 이글이글 검푸른 불이 타는 불

지옥과, 지글지글 사람의 기름이 끓는 큰 가마며, 입을 벌리고 혀를 잡아당기어서 자르는 광경이며, 기름틀에 넣고서 기름을 짜듯이 불의한 남녀를 짜는 광경이며, 이 모양으로 모든 흉물스러운 광경이 보이고 나중에는 평목이 퍼런 혀를 빼어 물고 손에 제가 목을 매어 죽던 끄나풀을 들고 나타나서 조신을 향하여 손을 혀기는 것이 보일 때에 조신은 베개에 두 눈을 비비며 저도 모르게 소리를 질렀다.

"웬일이오?"

달레는 남편이 눈을 뜨는 것을 보고 일어나 앉으며 묻는다. 달레가 두 팔을 들어서 흐트러진 머리를 거둘 때에 그 흰 두 팔꿈치와 젖가슴이 어둠 속에 보이는 것이 조신의 눈에는 금방 꿈속에서 보던 귀신과 같아서 악 소리를 치면서 벌떡 일어났다.

"아니 왜 그러우?"

달레도 깜짝 놀라는 듯이 앉은걸음으로 뒤로 물러나며 머리 가누던 두 손을 앞으로 내밀었다.

"아니야."

하고 조신은 맥없이 도로 드러누웠다. 저도 제 행복이 부끄러웠고 아내에게도 숨기고 있는 살인의 비밀이 혹시 이런 것으로 탄로가 되지나 않는가 하여 겁만 났다.

"아니라니?"

하고 달례는 남편의 수상한 행동에 마음이 놓이지 아니하였다.

"요새에 웬일이오? 밤마다 헛소리를 하고 자면서 팔을 내두르고. 몇 번이나 소스라쳐 놀랐는지 몰라. 참 이상도 하오. 아마 무슨 일이 있나 보아. 나도 꿈자리가 사납고 어디 바로 말을 해 보슈. 그 평목인가 한 중이 어디 갔소? 왜 식전 새벽에 아침도 안 먹고 간단 말요. 암만해도 수상하더라니. 그이 왔다 간 다음부터 당신의 모양이 수상해요. 어디 바로 말을 해 보아요. 그 중은 어디로 갔소?"

달례가 이렇게 하는 말은 마디마디 회초리가 되어서 조신의 등덜미를 후려갈기는 것 같았다.

"내가 그 녀석 간 곳을 어떻게 알아? 저 갈 데로 갔겠지."

조신은 아무 관심 없는 양을 꾸미느라고 퉁명스럽게 대답하였다. 그러나 그 가슴은 몹시 울렁거렸다.

"아니, 그이를 왜 그 녀석이라고 부르시오? 우리가 도망할 때에 관에 이르지도 아니한 이를?"

달례의 말은 한 걸음 조신의 가슴속으로 파고들었다.

"우리가 재미있게 사는 것을 보고는 샘도 날 것 아니야?"

조신은 아니할 말을 하였다고 고대 뉘우쳤다.

"아니, 그이가 무어랍디까?"

달례는 무릎걸음으로 조신의 곁으로 다가앉는다.

"아냐 별일은 없었지마는."

조신은 우물쭈물 이 이야기를 끊고 싶었다.

"아니, 그이가 무에랍디까? 모례 말을 합디까?"

"왜 모례가 있으면 좋겠어? 모례 생각이 나느냐 말야?"

조신은 가장 질투나 나는 듯이 달례 편으로 돌아눕는다.

"왜 그런 말씀을 하슈? 누가 모례를 생각한다우?"

"그럼 모례 말은 왜 해? 그 원수 놈의 말을 왜 입에 담느냐 말야. 모례라는 모자만 들어도 내가 분통이 터지는 줄을 알면서 왜 그런 소리를 하느냐 말야."

조신에게서 제일 싫고 무서운 것이 모례의 이름이었다. 만일 누가 하루에 한 번씩만 모례의 이름을 조신의 귀에 불어넣어 준다면 한 달 안에 조신은 말라 죽었을 것이다. 그러나 이 자리에서 모례의 말을 가지고 아내에게 핀잔을 준 것은 모례 때문이라기보다는 죽은 평목의 비밀을 지키자는 계교로서였다.

그러나 한 번 여자의 마음에 일어난 의심은 거짓말로라도 풀기 전에는 결코 잠잠케 할 수는 없었다.

달례는 전에 없이 우락부락한 남편의 태도가 불쾌한 듯이 뾰로퉁한 소리로,

"모례가 무슨 죄요? 그이가 왜 당신의 원수요? 당신이나 내가 그의 원수라면 원수지. 까닭 없는 사람을 미워하면 죄 되는 것

아니오?"
하고 쏘았다.

조신은 벌떡 자리에서 일어나 앉으며,

"무엇이 어째? 모례가 원수가 아니야? 모례 놈이 내 눈앞에 번뜻 보이기만 해라. 내가 살려 둘 줄 알고. 담박에 물고를 내고야 말걸."
하고 어둠 속에 희미하게 보이는 아내의 얼굴을 노려본다. 이렇게 억지로라도 성을 내니 무서움이 가라앉는다. 평목의 원혼이 멀리로 달아난 것도 같았다.

그러나 달례는 환장한가 싶은 남편의 태도가 원망스러운 듯, 전보다 더 뾰롱뾰롱하게,

"모례를 죽여요? 당신 손에 죽을 모렌 줄 알았소? 그이는 화랑이오. 칼 잘 쓰고 활 잘 쏘고 하는 그이가 당신 손에 죽겠소. 사람의 일을 아나. 혹시 그이가 여기 올지도 모르지. 만일 모례가 여기 오는 일이 있다면 당신이나 내가 땅바닥에 엎드려서 비는 거야. 죽을죄로 잘못했으니 살려 줍시사고, 저 미력이랑 달보고랑 어린것을 불쌍히 여겨서 살려 줍시사고, 괴발개발 비는 거야. 불공한 말 한마디만 해 보오, 당장에 목이 달아날 테니. 그러나 그뿐인가, 암만해도 당신이 평목 스님을 죽……."
할 때에 조신은 달려들어 달례의 입을 손바닥으로 막아 버렸다.

"함부로 입을 놀려?"
하고 조신은 달례의 몸을 잡아 흔들었다.

달례는 방바닥에 이마를 대고 쓰러지면서,

"과연 그랬구려."
하고 울면서 푸념을 한다.

"그날 밤에 이상한 소리가 나길래 혹시나 하면서 설마 그런 일이야 하였더니 정말 당신이 그 중을 죽……."
할 때에 조신은 또 달례의 몸을 잡아 흔든다.

"여보, 여보."
하고 조신은 무서워하는 사람 모양으로 숨이 차다. 조신은 달례의 귀에 입을 대고,

"그런 소리 말어. 아이들이 들어. 누가 들어."
하고 덜덜 떨었다.

조신은 제가 사람을 죽였다는 것이 저밖에 다만 한 사람이라도 아는 사람이 있다는 것이 한없이 무서웠다.

조신은 달례의 귀에 뜨거운 김을 불어넣으면서 말을 한다. 그것은 달례의 분을 풀어서 입을 막자는 것이었다.

"그놈이 평목이 놈이 우리 둘이 여기 산다는 것을 일러바친다고 위협을 한단 말야. 모례가 칼을 갈아 가지고 아직도 우리들을 찾아댕긴다고. 방방곡곡으로 샅샅이 뒤진다고 그러니까."

하고 조신은 한층 더 소리를 낮추어서,

"그러니까 그놈이 달보고를 저 달라는 거야, 그러니 참을 수 가 있나."

하고 한숨을 내어 쉰다.

달보고를 달란다는 말에는 달례도 함칫하고 놀라는 빛을 보였다.

"이 일을 어찌하면 좋소?"

하는 달례의 말은 절망적이었다.

조신의 집에는 이미 평화는 없었다.

어른들의 얼굴에 매양 근심하는 빛이 있으니 아이들의 얼굴에도 화기가 없었다. 닭, 개, 짐승까지도 풀이 죽고 집까지도 무슨 그늘에 싸인 듯하였다.

조신은 어찌할까 그 마음을 진정치 못한 채로 찜찜하게 하루 이틀을 보내고 있었다.

추수도 다 끝나고 높은 산에는 단풍이 들었다. 콩에 배불린 꿩들이 살찐 몸으로 무겁게 날고 있었다. 매사냥꾼, 활 사냥꾼들이 다니기 시작하고, 산촌 집들 옆에는 겨울에 땔 나뭇더미가 탐스럽게 쌓여 있었다.

이제 얼마 아니하여 눈이 와서 덮이면 사람들은 뜨뜻이 불을 지피고 술과 떡에 배를 불리면서 편안하고 재미있는 과동을 하는 것이다.

그러나 조신의 마음에는 편안한 것이 없었다. 곳간에 쌓인 나락 섬에서는 평목의 팔이 쑥 나오는 것 같고, 나뭇더미에서도 평목의 큰 입이 혀를 빼어 물고 내미는 것 같았다.

게다가 모례가 언제 어느 때에 시퍼런 칼을 빼어 들고 말을 달려 들어올지 몰라서 밤바람에 구르는 낙엽 소리에도 귀가 쫑긋하였다.

'이 자리를 떠서 어디 다른 데로 가서 숨어야 할 터인데.'

조신은 날마다 이런 생각을 하기는 하면서도 어디로 어떻게 갈 것인지 궁리가 나지 아니하였다. 죄를 지은 사람에게는 천지도 좁았다.

추워지기 전에 하루라도 일찍이 떠나야 된다 하면서 머뭇머뭇하는 동안에 첫눈이 내렸다. 조신은 식전에 일어나 만산 평야로 하얗게 눈이 덮인 것을 보고는 가슴이 두근거렸다. 무슨 일이 있어서 도망을 가더라도 발자국이 남을 것이 무서웠다.

이날 미력이 아랫동네에 놀러 갔다가 돌아와서 조신의 가슴을 놀라게 하는 소식을 전하였다. 그것은 이 고을 원님이 서울서 온 귀한 손님을 위하여 이 골짜기에 사냥을 온다는 것이었다. 이러한 큰 사냥이면 매도 있고 활도 쓰고 또 굴에 불을 때어서 곰이나 너구리나 여우도 잡는 것이 예사다. 수십 명 일행이 흔히 하루 이틀을 묵으면서 많은 짐승을 잡아 가지고야 돌아가는 것이었다.

그러나 그뿐인가? 동네 사람들은 모두 몰이꾼으로 나서서 산에 있는 굴은 말할 것도 없고 바위 밑까지도 샅샅이 뒤지게 된다. 그리 되면 저 평묵의 시신이 필시 드러날 것이요, 그것이 드러난다면 원님이 반드시 이 일을 그냥 두지 아니하고 범인을 찾을 것이다.

'그것을 묻어 버릴 것을.'

하고 조신은 뉘우쳤다.

묻어야지 묻어야지 하면서도 무서워서 못 한 지가 벌써 한 달이나 되었다. 비록 선선한 가을 일기라 하더라도 한 달이나 묵은 송장이 온전할 리가 없었다. 필시 썩어서 는적는적 손을 댈 수 없이 되었거나 혹은 여우가 뜯어 먹어 더욱 보기 흉하게 되었을 것이다. 이런 생각으로 조신은 평목의 시체 처치를 못한 채 오늘날에 이르렀다.

조신은 앞이 캄캄해짐을 느꼈다. 아내와 아이들이 제 얼굴을 물끄러미 바라보는 양이 아마 낯색이 변한 것이라고 짐작하고 짐짓 태연한 모양을 한다는 것이 이런 소리가 되어 나왔다.

"망할 녀석들! 사냥은 무슨 주릴 할 사냥을 나와. 짐승 죽이는 것은 살생이 아닌가. 지옥에를 갈 녀석들!"

이 말에 달례는 눈을 크게 뜨고 조신을 바라보았다. 사람을 죽인 사람이 어떻게 저런 소리를 하나 하는 것 같았다.

조신도 아니할 소리를 하였다 하고 가슴이 섬뜨레하였다. 저도 그런 소리를 하려는 생각이 없이 어찌된 일인지 그런 소리가 나온 것이었다. 무슨 신의 힘이 저로 하여금 그런 소리를 하게 한 것 같아서 조신은 등골에 얼음물을 퍼붓는 듯함을 느꼈다.

그러나 이제 평목의 시체를 처치할 수는 없었다. 우선 눈이 오지 아니하였나. 발자국을 어찌하나. 오늘 볕이 나서 눈만 다 녹는다면 밤에 아무런 일이 있더라도 평목의 시신을 묻어 버리리라고 마음에 작정하였다.

그러나 물 길러 나갔던 달보고는 또 하나 이상한 소식을 전하였다.

"내가 물을 긷고 있는데, 웬 사람이 말을 타고 오겠지, 자주 긴 옷을 입고. 이렇게 이상하게 생긴 갓을 쓰고. 그리고 아주 잘생긴 사람야. 이렇게 이렇게 수염이 나고. 그 사람이 우물 옆으로 지나가더니 몇 걸음 가서 되돌아와서 말에서 내리더니, 나를 한참이나 물끄러미 보고 아가 나 물 좀 다우 그래요. 그래서 바가지로 물을 떠 주니까 두어 모금 마시고는 너의 집이 어디냐 그러겠지. 그래……."

하고 달보고의 말이 끝나기 전에 조신은 눈이 둥그레지며,

"그래 우리 집을 가르쳐 주었니?"
하고 숨결이 커진다.

달보고는 아버지의 수상한 서슬에 놀란 듯이 입을 다문 채로 고개를 두어 번 까닥까닥한다.

"그래, 그 사람이 젊은 사람이든?"

이번에는 달레가 묻는다.

"나이를 잘 모르겠어. 수염을 보면 나이가 많은 것도 같은데, 얼굴을 보면 아주 젊은 사람 같아요."

달보고는 그 붉은 옷을 입은 사람을 이렇게 그렸다. 그리고는 부끄러운 듯이 왼편 손을 펴서 파르스름한 옥고리 하나를 내어놓으며 수줍은 듯이 이렇게 설명하였다.

"그 사람이 물을 받아먹고 돌아설 때에 웬일인지 띠에 달렸던 이 옥고리가 땅에 떨어지겠지. 그러니깐 그 사람이 깜짝 놀라서 꺼꿉어 이것을 줍더니, 잠깐 무엇을 생각하더니, 아따 물값이다, 하고 나를 주어요."

"왜 남의 사내한테서 그런 것을 받아, 커다란 계집애가?"
하고 달레가 달보고를 노려본다.

"싫다고 해도 자꾸만 주는걸. 땅에 떨어지는 것을 보니 이것은 분명히 네 것이라고 그러면서."
하고 달보고는 아주 어색하게 변명을 한다.

조신은 까닭 모르게 마음이 설레었다. 도무지 수상하였다. 이런 때에는 억지로라도 성을 내는 것이 마음을 진정하는 길일 것 같았다. 그래서 조신은 커다란 손으로 그 옥고리를 집어서 문밖으로 홱 내던지면서,

"그놈이 어떤 놈인데 이런 것으로 남의 계집애를 후려."

하였다.

옥고리는 공중으로 날아서 뜰 앞 바윗돌에 떨어져서 째깍 소리를 내고 서너 조각으로 깨어졌다.

달보고는 손으로 두 눈을 가리고 방바닥에 엎드려서 울었다.

달례는 눈에 눈물이 어리며,

"울지 마. 엄마가 그보다 더 좋은 옥고리 줄게. 울지 마."

하고 일어나서 시렁에 얹었던 상자를 내려 하얀 옥고리 하나를 꺼내어 달보고에게 주었다.

달보고는 '싫어, 싫어.' 하고 그것을 받지 아니하였다.

얼마 후에 관인이 와서 조신의 집을 서울 손님의 사처로 정하였으니 제일 좋은 방 하나를 깨끗이 치울 것과 따라오는 하인들이 묵을 방도 하나 치우라는 분부를 전하였다.

조신은 마음으론 찜찜하나 어찌할 도리가 없어서 사랑을 치웠다. 이것은 창을 열면 눈에 덮인 태백산이 바라보이고 강 한 굽이조차 눈에 들어오는 방이었다. 절에서 자라난 조신은 경치

를 사랑하였다. 그는 이 방에서 평생을 즐겁게 지내려 하였다. 그러나 평목이 이 방에서 죽어 나간 뒤로는 이 방은 조신에게는 가장 싫고 무서운 방이 되어서 그 앞으로 지나가기도 머리가 쭈뼛거렸다.

조신은 사랑방 문을 열 때에 연해 헛기침을 하고 진언을 염하였다. 문을 열면 그 속에서 평목이 혀를 빼어 물고 나올 것만 같았다.

그러나 정작 문을 열고 보니 아무것도 없었다. 다만 싸늘한 기운이 빈 방 냄새와 함께 훅 내뿜을 뿐이었다.

조신은 방을 떨고 훔쳤다. 깨끗한 돗자리를 새로 깔고 방석을 깔았다. 목침을 찾다가 문득 그것이 평목이 베었던 것임을 생각하였다.

서울 손님이라는 것이 어떤 귀인인가. 혹시나 내 집에 복이 될 사람이면 좋겠다고 생각하였다.

"설마, 설마."

하고 조신은 중얼거렸다. 설마 모례야 올라고 하는 것이었다.

그러나 그 사람이 달보고를 유심히 보더라는 것, 옥고리를 준 것, 하필 이 집으로 사처를 정한다는 것들을 생각하면 그것이 모례인 것도 같았다.

'만일 그것이 모례면 어찌하나.'

조신은 멍하니 태백산 쪽을 바라보았다. 날은 아직도 흐리고 산에는 거무스름한 안개가 있다.

'모례가 십칠 년 전 일을 아직도 생각하고 있을까. 더구나 귀한 사람이 그런 것을 오래 두고 생각할라고. 벌써 다른 아내를 얻어서 아들딸 낳고 살 것이다. 설령 아직도 달례를 생각하기로서니 우리 집에 달례가 있는 줄을 알 까닭이 없다. 달보고가 하도 어미를 닮았으니까 혹시 우리 집이 달례의 집인가 의심할까. 모례가 나를 본 일은 없다. 누가 그에게 내 용모파기를 하였을까. 내 찌그러진 얼굴, 비뚤어진 코……. 그러나 세상에 그렇게 생긴 사람이 나 하나밖에 없으란 법은 없다.'

조신의 생각은 끝이 없다. 그러고도 무엇이 뒷덜미를 내려짚는 듯이 절박한 것 같다.

조신은 무엇을 찾는 듯이 방안을 휘 둘러보았다.

"앗, 저 바랑, 저 바랑?"

하고 조신은 크게 눈을 떴다. 벽장문이 방식 열리고 그 속에 집어넣었던 평목의 바랑이 삐죽이 내다보고 있다.

조신의 머리카락은 모두 하늘로 뻗었다. 저것을 처치를 아니 하였고나 하고 조신은 발을 구르고 싶었다.

조신은 얼떨결에 벽장문을 홱 잡아 제치고 평목의 바랑을 왈칵 낚아챘다. 그러고는 구렁이가 손에 잡힌 것같이 손을 뗐다.

바랑은 덜컥 하고 방바닥에 떨어져서 흔들렸다. 척척 이긴 굵은 베로 지은 바랑이다. 평목의 등에 업혀서 산천을 두루 돌고 촌락으로 들락날락하던 바랑이다.

조신은 이슥히 말없이 바랑을 물끄러미 보고 있었다. 바랑은 아무 말이 없었으나 그 속에는 많은 말이 들어 있는 것 같았다.

이것이 벽장에서 떨어질 때에 떨거덕 한 것은 평목이 밥과 국과 반찬과 물을 먹기에 몇 십 년을 쓰던 바리때요, 버썩하는 소리를 낸 것은 평목이 어느 절에 들어가면 꺼내어 입던 가사 장삼일 것과 그 밖에 바늘과 실과 칼과 이런 도구가 들어 있을 것은 열어 보지 아니하고라도 조신도 알 수가 있었다. 조신이 낙산사에서 지니고 있던 바랑과 바리때는 어느 누구가 쓰고 있는지 모른다.

그러나 조신의 생각에는 평목의 바랑 속에는 이런 으레 있을 것 외에 무서운 무엇이 나올 것만 같았다.

조신은 바랑을 여는 대신에 그 끈을 더욱 꽉 졸라매었다. 무서운 것이 나오지 못하게 하자는 것이다.

그리고 조신은 그 바랑을 번쩍 들어서 벽장에 들여 쏘았다. 침침한 벽장 속에 바랑은 야릇한 소리를 내고 들어가 굴렀다. 조신의 귀에는 그것이 바랑이 벽에 부딪히는 소리만 같지는 아니하였다. 분명 무슨 이상한 소리가 그 속에 있었다. 그 이상한 소리는 잉하고 귀에 묻어서 떨어지지 아니하였고, 조신의 손과 팔에도 바랑을 집어넣을 때에 무엇이 물컥하고 뜨뜻미지근하던 것이 배어 있는 것 같았다.

'아아 모두 죄를 무서워하는 내 마음의 조화다. 있기는 무엇이 있어.'

하고 조신은 제 마음을 든든하게 먹으려 하였다. 그러나 '내 마음'이란 것이 내 말을 듣지 아니하였다.

조신이 서울 손님의 사처 방을 다 치우고 나서 지향할 수 없는 마음을 가지고 고민하고 있을 즈음에 조신의 집을 향하고 올라오는 사오 인의 말 탄 사람과 수십 명의 사람의 떼를 보았다. 그들 중에는 동네 백성들도 섞여 있었다.

말 탄 사람들은 조신의 집 앞에서 말을 내렸다. 관인이 내달아 일변 주인을 찾고 일변 말을 나무에 매었다.

조신은 떨리는 가슴으로 나서서 귀인들 앞에 오른편 무릎을 꿇어 절을 하였다.

"어, 깨끗한 집이로군, 근농가로군!"

코밑에 여덟팔자수염이 난 귀인이 조신의 집을 돌아보며 말하였다. 이분이 아마 이 고을 원인가 하고 조신은 생각하였다.

원은 집 모양을 휘 돌아본 뒤에, 고개를 돌려 한 걸음 뒤에 선 귀인을 보면서,

"이번 사냥에 네 집에서 이 손님하고 하루 이틀 묵어가겠으니 각별히 거행하렷다."
하고 위엄 있게 말하였다.

"예이. 누추한 곳에 귀인께서 왕림하시니 황송하오. 벽촌이라 찬수는 없사오나 정성껏 거행하오리다."
하고 조신은 또 한 번 무릎을 꿇었다.

"어디 방을 좀 볼까?"
하는 원의 말에 조신은 황망하게 사랑문을 열어젖혔다. 원과 손님은 방 안을 휘 둘러보고,

"어, 정갈한 방이로군!"
하고 방 칭찬을 하고는,

"이봐라, 네 그 부담을 방에 들여라."
하고 짐을 들이도록 분부하고 손님을 향하여서,

"아손, 어찌하시려오? 방에 들어가 잠깐 쉬시려오, 그냥 산으로 가시려오?"
하고 의향을 묻는다.

그 옥으로 깎은 듯한 얼굴에 구슬같이 맑은 눈을 한 번 감았다 뜨면서,

"해가 늦었으나 먼저 사냥을 합시다."
한다.

"그러시지, 다행히 사슴이라도 한 마리 잡으면 저녁 술안주가 될 것이니까?"
하고 원은 아래턱의 긴 수염을 흔들며 허허하고 소리를 내어서 웃는다.

귀인들은 소매 넓은 붉은 우틔를 벗고 좁은 행전을 무릎까지 올려 신고 옆에 오동집에 금으로 아로새긴 칼을 차고 어깨에 활과 전통을 메고, 머리는 자주 박두를 쓰고 나섰다. 관인들은 창을 들고 몰이꾼들은 손에 작대를 들고 매바치는 팔목에 매를 받고 산을 향하여서 길을 떠났다.

조신은 산길을 잘 타는 사람이라는 동네 사람의 추천을 받아서 앞잡이를 하라는 영광스러운 분부를 받았다. 사냥개는 없었으나 동네 개들이 제 주인을 따라서 좋아라고 꼬리를 치며 달리고, 미력이를 비롯하여 동네 아이 놈들도 몽둥이 하나씩을 들고 무서운 듯이 멀찍이 따라오며 재깔대었다.

사람들이 걸음을 걸을 때마다 눈에 덮인 낙엽들이 부시럭부시럭, 와싹와싹 소리를 내었다. 까치들이 짖고 솔개, 산새 들이 놀란 듯이 우짖고 왔다 갔다 하였다.

먼저 산 제터인 바위 밑에 이르러 제물을 바치고 오늘 사냥에 새와 짐승을 줍시사고 빈 뒤에 모두 음복하고, 그리고는 사냥이 벌어졌다.

매바치는 등성이 바위 위에 서고 몰이꾼들은 잔솔포기와 나무 포기, 풀포기를 작대로 치며 '아리, 아리!' 하고 꿩과 토끼를 몰아내고, 개들도 얼른 눈치를 채어서 코를 끌고 꼬리를 치고 어떤 때에 네 굽을 모아 뛰면서 새짐승을 뒤졌다. 놀란 꿩들이 꼑꼑 소리를 지르면서 날고, 토끼도 귀를 빳빳이 뻗고 달렸다. 이러는 동안에 두 귀인은 매바치 옆에 서 있었다. 앞잡이인 조신도 그 옆에 모시고 있었다.

얼마 아니하여서 대여섯 마리의 꿩을 잡았다. 아직도 채 죽지 아니한 꿩은 망태 속에서 쌔근쌔근 괴로운 숨을 쉬고 있었다.

또 서울 손님의 화살이 토끼도 한 마리 맞혔다. 목덜미에 살이 꽂힌 채로 한 길이나 높이 껑충 솟아 뛸 때에는 모두 기쁜 고함을 쳤다.

매는 몇 마리 꿩을 움킈더니 더욱 눈은 빛나고 몸에 힘이 올랐다. 그의 주둥이와 가슴패기에는 빨간 피가 묻었다.

'살생.'

하고 조신은 속으로 중얼거렸다.

'살생은 아니하오리다.'

하고 굳게굳게 시방 제불 전에 맹세한 조신이다. 그러나 제 손으로 이미 평목을 죽이지 아니하였느냐. 중을 죽였으니 살생 중에도 가장 죄가 무서운 살생을 하지 아니하였느냐. 그렇지마는 오랫동안 자비의 수행을 한 일이 있는 조신은 목전에 벌어진 살생의 광경을 보고 마음이 자못 불안하였다.

꿩망태가 두둑하게 된 때에 서울 손님은 원을 보고,

"매사냥은 그만큼 보았으니 나는 사슴이나 노루를 찾아보려 하오. 돼지도 좋고. 모처럼 활을 메고 나왔다가 토끼 한 마리만 잡아 가지고 가서는 직성이 아니 풀릴 것 같소. 그럼 태수는 여기서 더 매 사냥을 하시오. 나는 좀 더 깊이 산속으로 들어가 보랴오."

하고 서 있던 바윗등에서 내려선다. 원은 웃으며,

"아손, 조심하시오. 태백산에는 호랑이도 있고 곰도 있소. 응, 곰은 벌써 숨었겠지마는 표범도 있소. 혼자는 못 가실 것이니, 창군을 몇 데리고 가시오."

하고 건장한 창 든 관인 두 쌍을 불러 준다.

조신은 또 앞장을 섰다. 조신은 이 산속에 골짜기 몇, 굴이 몇인 것도 안다. 그는 보약을 구하노라고 지난 몇 해 매일같이 산을 탔다.

조신은 자신 있게 앞장을 섰다. 오직 조심하는 것은 평목의 시신을 버린 굴 근처로 가지 않겠다는 것이다. 그러나 거기 대하여서는 조신은 안심하였다. 왜 그런고 하면 평목을 내버린 굴은 동네 가까이여서 사슴이나 기타 큰 짐승 사냥에는 관계가 없기 때문이었다.

조신은 아무쪼록 평목이 굴에서 멀리 떨어진 방향으로 길을 잡았다.

골은 더욱 깊어지고 수풀도 갈수록 깊어졌다. 무시무시하게도 고요한 산속이다. 조신이 앞을 서고 손님이 다음에 걷고 창군들이 그 뒤를 따랐다.

사람들의 눈은 짐승의 발자국을 하나도 아니 놓치려고 하얀 눈을 보고 있었다. 바싹 소리만 나도 귀를 기울였다.

눈 위에는 작은 새 짐승들의 귀여운 발자국들이 가로세로 있었다. 그러나 큰 짐승의 발자국은 좀처럼 보이지 아니하였다.

얼마를 헤매며 몇 굴을 뒤지다가 마침내 산비탈 눈 위에 뚜렷뚜렷이 박힌 굵직굵직한 발자국을 발견하였다.

모두들 숨소리를 죽였다. 사냥에 익숙한 듯이 손님은 가만히 발자국을 들여다보아서 그것이 사슴의 것인 것과 개울을 건너서 등성이로 올라간 발자국인 것을 알아내고, 이제부터는 조신의 앞잡이는 쓸데없다는 듯이 제가 앞장을 서서 비탈을 올라갔다. 조신과 창군들은 그 뒤를 따랐다.

손님은 등성에 서서 지형을 살펴보고, 창군 두 쌍은 좌우로 갈라서, 한 쌍은 서편 골짜기로, 하나는 동편 골짜기로 내려가라 하고 자기는 조신을 데리고 발자국을 따라서 내려갔다.

발자국은 두 마리의 것이었다. 암수가 앞서거니 뒤서거니 어디로 가노라고 떠난 것이었다. 활과 칼을 가진 이가 그들을 뒤따르고 있는 것을 생각하던 조신은 제가 그 사슴이 된 것 같았다. 될 수 있으면 앞서 달려가서 사슴에게 알려 주고 싶었다.

사슴들은 똑바로 가지는 아니하였다. 그들은 제 발자국이 무엇을 의미하는지를 안다. 그들은 가끔 방향을 바꾸기도 하고 어떤 등성이나 골짜기에는 발자국을 어지럽혀 놓기도 하였다. 무척 제 자국을 감추려고 애를 썼으나 땅을 밟지 아니하고는 갈 수 없는 그들이라 아무리 하여도 자국은 남았다. 혹은 바위를 타고 넘고 혹은 아직 얼어붙지 아니한 시냇물을 밟아서 아무쪼록 제 자국을 감추려 한 사슴 자웅의 심사가 가여웠다.

열에 아홉은 이 두 사슴 중에 적어도 한 마리는 목숨의 끝 날이 왔다고 조신은 생각하고 한없이 슬펐다.

'인연과 업보!'

하고 조신은 닥쳐오는 운명을 벗어나기 어려움을 마음이 아프도록 절실하게 느꼈다.

다행한 것은, 사슴들의 발자국이 평목의 시신이 누워 있는 굴과는 딴 방향으로 향한 것이다. 조신이 인연을 생각하고 업보를 생각하면서 손님의 뒤를 따르고 있을 때에 문득 손님이 우뚝 걸음을 멈추고 몸을 뒤에 감추었다. 조신도 손님이 하는 대로 하고 손님이 바라보는 방향을 바라보았다.

'있다!'

하고 조신은 속으로 외쳤다.

한 백 보나 떨어져서 싸리 포기들이 흔들리는 속에 사슴 두 마리가 서서 멀리 남쪽을 바라보고 있었다.

'사람이 따르는 것을 눈치채었나?'

하고 조신은 가슴이 울렁거렸다.

손님은 활에 살을 메어 들었다. 그리고 사슴들이 싸리 포기 밖으로 나오기를 기다리고 있었다. 사슴들은 고개를 이쪽으로 돌렸다. 그 위엄 있는 뿔이 머리를 따라서 흔들렸다.

사슴은 분명히 위험을 느낀 모양이었다. 그들은 얼마 높지 아니한 등성이를 타고 넘음으로 이 위험을 피하려고 결심한 모양이었다.

수놈이 먼저 뛰고 암놈이 한 번 더 이쪽을 바라보고는 남편의 뒤를 따랐다. 조신이 이 모양을 바라보고 있을 때에 퉁 하고 활 시위가 울리면서 꿩의 깃을 단 살이 사슴을 따라 나는 것을 보았다.

살은 수사슴의 왼편 뒷다리에 박혔다. 퍽 하고 박히는 소리가 조신의 귀에 들리는 듯하였다.

살을 맞은 사슴은 한 번 껑충 네 발을 궁구르고는 무릎을 꿇고 쓰러질 때에 암사슴은 댓 걸음 더 달리다가 돌아서서 목을 길게 빼고 바라보았다.

이때에 둘째 화살이 날아서 암사슴의 앞가슴에 박혔다. 살 맞은 사슴은 밍 하는 것 같은 한마디 소리를 지르고는 나는 듯이 기역자로 방향을 꺾어 달려 내려갔다. 수사슴이 벌떡 일어나서 암사슴이 가는 방향으로 달렸다. 몹시 다리를 절었다.

이것이 모두 눈 깜짝할 새다.

손님도 뛰고 조신도 뛰었다. 창군들도 본 모양이어서 좌우로서 군호 외치는 소리가 들렸다.

사슴은 허둥거리는 걸음으로 엎치락뒤치락 눈보라를 날리면서 뛰었으나 얼마 아니하여 암놈은 눈 위에 구르고는 다시 일어나지 못하였다. 상처가 앞가슴이라, 깊은 데다가 기운이 약한 것이었다.

그러나 수놈은 절뚝거리면서도 고꾸라지면서도 구르면서도 피를 흘리면서도 죽음을 피해 보려고 기운차게 달렸다. 그가 지나간 자리에는 흰 눈 위에 붉은 피가 떨어져 있었다.

죽음에서 도망하려는 사슴은 아직도 적을 피하느라고 여러 번 방향을 바꾸었으나 차차 걸음이 느려짐을 어찌할 수 없었다. 따르는 사람들은 점점 사슴에게 가까이 갔다. 사슴은 이제는 더 뛸 수 없다는 듯이 땅에 엎드려서 고개를 던졌으나 순식간에 또 일어나서 뛰었다. 비틀비틀하면서도 뛰었다.

사슴은 또 한 번 방향을 바꾸었다. 얼마를 가다가 또 한 번 방향을 바꾸었다. 그는 기운이 진할수록 오르는 힘은 지세를 따라서 자꾸만 내려갔다. 매사냥하던 사람들도 인제는 사슴을 따르는 편에 어울렸다.

조신은 무서운 일을 발견하였다. 그것은 사슴이 평목의 굴을 향해 달리는 것이었다. 조신은 그가 또 한 번 방향을 바꾸기를 바랐으나 몰이꾼들 등쌀에 사슴은 평목의 굴로 곧장 몰려갔다.

"그리 가면 안 돼!"

하고 조신은 저도 모르는 결에 소리를 질렀다. 사람들은 조신을 돌아보았으나 그것이 무슨 뜻인지 몰랐다. 조신은 제 소리에 제가 놀랐다.

사슴은 점점 평목의 굴로 가까이 간다. 마치 평목의 굴에서 무슨 줄이 나와서 사슴을 끌어들이는 것같이 조신에게는 보였다. 조신의 등골에는 식은땀이 흘렀다.

"아, 아, 아차!"

하고 조신은 몸을 뒤로 잦히면서 소리를 질렀다. 사슴이 바로 굴 입에까지 다다른 것이었다. 조신의 이 이상한 자세와 소리에 서울 손님이 물끄러미 보았다. 조신은 정신이 아뜩하고 몸이 뒤로 넘어가려는 것을 가까스로 참았다.

사슴은 평목의 굴 앞에 이르러서 머리를 굴속으로 넣고 그리고 들어가려는 모양을 보이더니 무엇에 놀랐는지 도로 뒷걸음쳐 나왔다. 조신은,

'살아났다.'

하고 몸이 앞으로 굽도록 긴 한숨을 내쉬었다.

그러나 사슴이 다른 데로 향하려 할 때에는 벌써 몰이꾼들이 굴 앞을 에워쌌다. 사슴은 고개를 들어 절망적인 그 순하고 점잖은 눈으로 한 번 사람을 휘 둘러보고는 몸을 돌려 굴속으로 들어가고 말았다.

"사슴을 두 마리나 잡았다."

하고 사람들은 떠들었다.

"단 두 방에 두 마리를."

하고 사람들은 서울 손님의 재주를 칭찬하고 천신같이 그를 우러러보았다.

그중에도 원이 더욱 손님의 솜씨를 칭찬하였다.

원은 창 든 군사에게 명하여 굴에 든 사슴을 잡아라 하였다.

창 든 군사 한 쌍이 창으로 앞을 겨누고 허리를 반쯤 굽히고 굴로 들어갔다. 조신은 얼굴이 해쓱하여서 닥쳐오는 업보에 떨고 있었다. 도망할 수도 없는 형편이었다. '관세음, 관세음.' 하고 입속으로 중얼거렸다. 아들 미력이 아버지의 수상한 모양을

보고 가만히 그 곁에 가서 조신의 낯빛을 엿보았다.

"엣, 송장이다! 죽은 사람이다!"

하고 외치는 소리가 굴속에서 나왔다.

돌아선 사람들은 한결같이 놀라서 서로 돌아보았다.

창 든 사람들은 굴속에서 뛰어나왔다. 그들의 얼굴에는 핏기가 없었다.

"사람, 사람이 죽어 넘어졌소. 송장 냄새가 코를 받치오."

그들은 허겁지겁으로 이렇게 말하였다.

"살인이로군."

누구의 입에선가 이런 말이 나왔다. 사슴의 일은 잊어버린 듯하였다.

원은 관인들에 명하여 그 시신을 끌어내라 하였다.

관인은 둘러선 백성 중에서 네 사람을 지명하여 데리고 횃불을 켜들고 굴로 들어갔다. 그중에는 조신도 끼여 있었다.

조신은 반이나 정신이 나갔다. 그러나 이런 때에 그런 눈치를 보이는 것이 제게 불리하다고 생각할 정신까지 없지는 아니하였다. 그는 와들와들 떨리는 다리를 억지로 진정하면서 관인의 뒤를 따라 굴로 들어갔다. 굴속에는 과연 송장 냄새가 있었다. 사슴도 이 냄새에 놀라서 도로 나오려던 것이라고 조신은 생각하였다.

춥추는 횃불 빛에 보이는 것이 둘이 있었다. 하나는 평목의 눈뜬 시체요, 하나는 저편 구석에 빛나는 사슴의 눈이었다.

"들어, 들어."

하고 관인은 호령하였다. 사람들은 송장에 손을 대기가 싫어서 머뭇머뭇하고 있었다.

"두 어깨 밑에 손을 넣어, 두 무릎 밑에 손을 넣어!"

조신은 죽을 용맹을 내어서 평목의 어깨 밑에 손을 넣었다. 그 순간 그가 평목을 타고 앉아 목을 졸라매던 것, 혀를 빼어 물고 늘어지던 것, 그것을 두리쳐 메고 굴로 오던 것 이 모든 광경이 눈앞에 나타났다.

'평목 스님, 제발 내 죄를 용서하시고 극락왕생하시오.'

하고 조신은 수없이 빌었다. 그렇지마는 평목이 극락에 갈 리도 없고 저를 죽인 자를 원망하는 마음을 풀 리도 없다고 조신은 생각하였다. 세세생생에 원수 갚기 내기를 할 큰 원업을 맺었다고 조신은 생각하였으나, 그래도 조신은 이런 생각을 누르고 평목에게 빌 길밖에 없었다. 살 맞은 사슴을 이 굴로 인도한 것도 평목의 원혼이었다.

'평목 스님, 잘못했소. 옛정을 생각하여 용서하시오. 원한을 품은 대로는 왕생극락을 못하실 터이니 용서하시오. 나를 이번에 살려만 주시면 평생에 스님을 위하여 염불하고 그 공덕을 스

님께 회양할 터이니, 살려 주오.'

조신은 이렇게 뇌고 또 뇌었다.

가까스로 평목의 시체가 땅에서 떨어졌다.

조신은 평목의 입김이 푸푸 제 입과 코에 닿는 것 같아서 고개를 돌리고 걸음을 걸었다.

평목의 시체는 굴 문 밖에 놓였다. 밝은 데 내다보니 과히 썩지도 아니하여서 용모를 분별할 수가 있었다.

"중이로군."

누가 이렇게 말하였다.

"평목 대사다."

서울 손님은 이렇게 소리쳤다.

"우리 집에 왔던 그 손님이야."

미력이는 조신을 보고 이렇게 중얼거렸다.

조신은 입술을 물고 미력이를 노려보았다. 미력이는 고개를 숙이고 아버지 곁에서 물러났다.

원은 한 번 평목의 시체를 다 돌아보고 나서 서울 손님을 향하여,

"모례 아손은 이 중을 아신단 말씀이오?"

하고 서울 손님을 바라본다.

조신은 '모례'란 말에 또 한 번 아니 놀랄 수 없었다. 그렇다면

달보고에게 옥고리를 준 것이나 조신의 집에 사처를 정한 것이나 다 알아지는 것 같았다.

모례는 원의 묻는 말에 잠깐 생각하더니,

"그렇소, 이 사람은 평목이라는 세달사 중이오. 내가 십육칠 년 전 명주 낙산사에서 이 중을 알았고, 그 후에도 서울에 오면 내 집을 늘 찾았소."

하고 대답하였다.

원은 의외라는 듯이 모례를 이윽히 보더니,

"그러면 모례 아손은 이 중이 어떻게 죽었는지 무슨 짐작되는 일이 있으시오?"

하고 묻는다.

"노상 짐작이 없지도 아니하오마는 보지 못한 일이니 확실히야 알 수 있소? 대관절 태수는 이 사람이 어떻게 죽은 것으로 보시오? 그것부터 말씀해 보시면 내 짐작과 맞는지 아니 맞는지 알 수가 있을 것이니, 사또의 말씀을 듣고 내 짐작을 말씀하오리다."

조신은 애원하는 눈으로 모례를 바라보았다. 죽고 살고가 인제는 모례의 말 한마디에 달린 것이었다. 모례라는 '모' 자만 들어도 일어나던 질투련마는 지금은,

'모례 아손, 살려 줍시오.'

하고 그 발 앞에 꿇어 엎드려 빌 마음밖에 없었다. 조신은 또,

'평목 스님, 내가 잘못했소.'

하고 평목의 시신을 붙들고 빌고도 싶었다. 그러나 아직도 무사히 벗어날 수가 있지나 아니한가 하고 요행을 바라면서 일이 되어 가는 양을 보고 있었다.

그의 아들 미력이는 먼발치에 서서 아비 조신을 바라보고 있었다. 아들의 눈이 제 눈과 마주칠 때에 조신은 그것을 피하지 아니할 수 없었다.

원은 모례에게 자기의 소견을 설명하였다.

"내가 보기에는 이 사람이 여기 와서 죽은 것이 아니라 다른 데서 죽어서 여기 온 것 같소. 이 사람이 여기서 자다가 죽었을 양이면 옆에 행구가 있을 텐데 그것이 없소. 바랑이나 갓이나 신발이나 지팡이나 이런 것이 없는 것을 보면 이 사람이 이 굴 속에서 자다가 죽은 것이 아니라 다른 데서 죽어 가지고 이리로 온 것이 분명하오. 또 혀를 빼어 문 것을 보면 목을 매어 죽은 모양인데, 목에는 이렇게 바오라기로 졸라매었던 형적이 있지마는 여기는 바오라기도 없고 매달릴 데도 없으니 무엇으로 보든지 여기서 아니 죽은 것만은 분명하오."

원의 설명을 듣고 있던 모례는 때때로 옳은 말이라는 듯이 고개를 끄덕끄덕하면서 듣고 있다.

말을 끝낸 태수는 모례를 본다. 모례는 고개를 끄덕하고,

“옳은 말씀이오. 내가 보기에도 그러하오. 그러면 사또는 이 사람을 해한 사람이 누구인지 짐작하시오?”

하고 원에게 묻는다. 원은 대답하되,

“그 말씀이오. 이 사람이 죽기는 이 동네에서라고 생각하오. 여기서 멀지도 아니한 집이 있고 또 굴이 여기 있는 줄을 잘 알고, 또 세달사나 낙산사에 관계가 있는 사람인가 하오. 지나가는 중을 재물을 탐하는 적심으로 죽였다고 볼 수 없으니 필시 무슨 사혐인가 하오. 이런 생각으로 알아보면 진범이 알아질 것도 같소마는 아손 말씀이 죽은 사람을 아신다 하니 이제는 아손이 보시는 바를 일러 주시오.”

라고 한다.

“과연 사또는 명관이시오. 절절이 다 이치에 꼭 맞는 말씀이오. 나도 사또 생각과 같은 생각이오, 평목으로 말하면 분명히 사혐으로 죽었다고 보오. 평목을 죽인 자가 누구냐 하는 데 대하여서도 나로서는 짐작하는 바가 있소마는, 일이 일이라 경경히 누구를 지목하여 말하기 어렵소. 이치에 꼭 그럴 것 같으면서 실상은 그렇지 아니한 일도 간간 있으니까요. 그러니까 사또는 우선 죽은 사람의 행구와 이 사람이 이 동네에 들어오는 것을 본 사람을 알아보시오. 그래서 상당한 증거만 나서면 평목이

나 평목을 해한 사람에 대한 말씀은 그때에 내가 자세히 사또께 아뢰이리다."

하는 모례의 말을 가만히 듣고 있던 태수는 고개를 크게 끄덕이면서,

"아손 말씀이 지당하오."

셋째 권

조신은 다 죽은 상이 되어서 집에 돌아왔다. 그는 굴 앞에서 당장 죄상이 발각되어서 결박을 짓는 줄만 알고 마음을 졸이고 있었으나 모례의 의견으로 그 자리만은 면하였다. 그러나 모례의 말투가 조신인지를 아는 것도 같았다.

조신이 돌아오는 것을 본 달례는 걱정스러운 듯이 조신의 눈치를 엿보았다. 그 해쓱한 낯빛, 퀭한 눈, 허둥허둥하는 몸가짐, 모두 심상하지 아니하였다.

"왜, 어디가 아프시오?"

달례는 조신이 방에 들어오는데 문을 비켜 주며 물었다.

달보고도 바느질감을 놓고 아비를 바라보았다. 미력은 시무룩하고 마당에서 있어서 방에 들어오려고도 아니하였다.

"미력아, 들어오려무나. 발이 젖었으니 버선 갈아 신어라."
하고 달례는 아들을 불러들였다.

"모례야, 모례."

조신은 힘없이 펄썩 주저앉으며 뉘게 한 소린지 모르게 한마디 툭 쏘았다.

"응, 무어요?"

달례는 몸이 굳어지는 모양을 보였다.

"모례라니까. 그 사람이, 달보고헌테 옥고리 준 사람이 모례란 말야. 세상일이 이렇게도 공교하게 되는 법도 있나. 꼼짝달싹 못하고 인제는 죽었어, 죽었어. 아아."
하고 옆에 아이들이 있는 것도 상관 아니하고 이런 소리를 하고는 고개를 푹 수그린다.

"모례가 무에요, 어머니?"

달보고가 묻는다.

미력이,

"어머니, 굴속에서 송장이 나왔는데 그것이 평목이래. 우리 집에서 접때에 와 자던 그 대사야."
하고 어른스럽게 근심 있는 낯색을 짓는다.

"응, 굴속에 송장, 평목 대사?"

"어머니 모르슈? 모례 아손이라는 이의 화살에 맞은 사슴이 하필 그 굴로 도망을 가서 사람들이 사슴을 잡으러 들어가 보니까 평목 대사의 송장이 나왔거든. 그래서 누가 이 사람을 죽였나, 죽인 사람을 찾는다고 모조리 여러 집을 뒤진대요. 필시 대사의 행구가 나올 것이라고."

미력이는 말을 하면서도 때때로 조신을 힐끗힐끗 바라본다.

"아니 여보슈, 그게 정말이오? 그게 정말 평목 대사의 시신이오?"

달례가 조신에게 묻는다. 이런 말들이 모두 조신의 죄를 나토는 것 같았다.

"그렇다니까. 그러니 어쩌란 말야?"

하고 조신은 짜증을 낸다.

"아니, 그이가, 그 스님이 어디서 누구한테 죽었단 말요?"

하고 묻는 달례의 가슴이 들먹거린다.

"내가 어떻게 알아? 어떤 도적놈헌테 맞아 죽었는지 내가 어떻게 아느냐 말야? 달보고야, 내, 냉수."

조신은 입이 마르고 썼다.

"아니 그이가 새벽에 떠났다고 아니하셨소? 설마, 설마 당신이……."

하고 달례는 말을 아물리지 못한다.

조신은 냉수를 벌컥벌컥 마시고 나서,

"입 닥쳐, 웬 방정맞은 소리야?"

물그릇을 동댕이치듯이 내던진다.

"평목이 죽은 것이 문제야? 모례가 나타난 것이 일이지. 평목이야 어떤 놈이 죽였는지 모르지만 죽인 놈이 있겠지. 어디 도적질을 갔다가 얻어맞아 죽었는지, 남의 유부녀 방에 들었다가 박살을 당했는지 내가 알 게 무엇이람. 그놈이 하필 왜 여기 와서 뒈어져. 그 경을 칠 여우는 왜 그놈의 상판대기 뱃대기를 파먹지는 않았어."

가만히 내버려 두면 조신은 언제까지라도 지절댈 것 같다.

"아니 어떡하면 좋아, 이 일을 어떡하면 좋소."

하고 달례가 조신의 말을 중동을 잘라 버렸다.

"어머니, 모례가 무에요?"

달보고가 애를 썼다.

미력이 달보고의 귀에 입을 대고,

"모례가 사랑에 든 서울 손님야. 수염 긴 양반은 원님이고 수염 조금 나고 얼굴이 옥같이 하얀 양반이 모례야."

하고 설명해 준다.

달례는 음식을 차리러 부엌에 내려갔다. 꿩을 뜯고 사슴의 고기를 저미고, 달례는 바빴다. 달보고는 부지런히 물을 길어 들였다. 조신은 술과 주안상을 들고 사랑으로 들락날락하였다. 나중에는 어찌 되든지 당장 할 일은 해야 하겠고, 또 태연자약한 빛을 보이는 것이 죄를 벗어날 길이라고도 생각하였다.

"호, 꿩을 잘 구웠는걸. 사슴의 고기도 잘 만지고. 아손, 이런 산촌 음식으로는 어지간하지 않소? 이것도 좀 들어 보시오."

원은 벌써 얼근하게 주기를 띠고 이런 말을 하였다.

그러나 모례는 아무리 술을 마셔도 취하지 않는 모양이요, 말도 많이 하지 아니하였다. 조신은 이 좌석에서 하는 말을 한마디도 아니 놓치려고 그런 눈치 아니 채이리만큼 귀를 기울였다.

"엇네, 주인도 한 잔 먹소."

원은 더욱 흥이 나는 모양이었다.

"이봐라, 네 이 큰 잔에 한 잔 그득히 부어서 주인 주어라."

통인이 큰 잔에 술을 부어서 조신을 주었다.

"황송하오."

하고 조신은 술을 받아 외면하고 마시고는 물러 나올 때에 아전이 달려와서,

"사또 안전에 형방아전 아뢰오."

하고 문밖에서 허리를 굽혔다.

통인이 문을 열었다.

원은 들었던 잔을 상에 내려놓고, 문으로 고개를 돌리며,

"오냐, 알아보았느냐?"
하고 수염을 쓸었다.

"예이, 이 동네 안에 있는 집은 모조리 적간하였사오나 송낙이나 바랑이나 굴갓 같은 중의 행구는 형적도 없사옵고, 동네 백성들 말이 지금부터 한 달 전에 어떤 중이 이리로 들어오는 것을 보았다 하옵는데, 굴갓을 썼더라는 사람도 있고 송낙을 썼더라는 사람도 있으나 바랑을 지고 지팡이를 짚었더란 말은 한결같사옵고, 아무도 그 중이 동네 밖으로 나가는 것은 못 보았다 하오."

아전이 아뢰는 말을 가만히 듣고 있던 원은, 안으로 통하는 문 안에 아직 나가지 않고 서 있는 조신을 힐끗 보며,

"주인, 자네는 그런 중을 못 보았는가? 한 달쯤 전에."
하고 고개를 아전 쪽으로 돌려,

"한 달쯤 전이랬것다?"

"예이, 한 달쯤 전이라 하오. 어떤 백성의 말이 길가 밭 늦은 콩을 걷다가 그런 중이 이 골짜기로 향하고 올라오는 것을 보았다 하오. 다 저녁때에."
하고 아전이 조신을 한 번 힐끗 본다.

원은 몸을 좌우로 흔들고 고개를 끄덕끄덕하더니,

"이 골짜기로?"

하고 다시 묻는다.

"예이, 바로 이 골짜기로."

하고 또 한 번 조신을 본다.

"이 골짜기로 다 저녁때에."

하고 원은 혼자말로 중얼거리더니 조신에게,

"주인, 자네는 혹시 그런 중을 못 보았나? 바랑을 지고 지팡이를 짚고 다 저녁때에 이 골짜기로 올라오는 중을 못 보았나?"

하고 물끄러미 바라본다.

조신은 오른 무릎을 꿇어 절하며,

"소, 소인은 한 달 전은커녕, 금년 철 잡아서는 중이 이 골짜기에 들어오는 것을 보지 못하였소."

하고 힘 있게 말하였다.

"금년 철 잡아서는 중을 하나도 못 보았다?"

원은 조신을 노려보았다.

"예이, 금년 철 잡아서라는 것은 과한 말이오나 한 달 전에는 중을 보지 못하였소."

원은 다시 묻지 아니하고, 아전을 향하여 모든 의심이 다 풀린 듯한 어조로,

"오, 알았다. 물러가거라. 오늘은 더 일이 없으니 물러가서 다들 쉬렷다. 술을 먹되 과도히 먹지 말고 아무 때에 불러도 거행

하도록 대령하렷다. 군노 사령 잘 단속하여 촌민에게 행패 없도록 네 엄칙하렷다."

원은 먹은 술이 다 깬 듯이 서슬이 푸르다.

"소인 물러나오."

하고 아전은 한 번 굽신하고 가 버렸다.

"문 닫아라. 아손, 인제 아무 공사도 없으니 마음 놓고 먹읍시다. 이봐라 술 더 올려라."

하고 원은 도로 흥을 내었다.

조신은 데운 술을 가지러 병을 들고 안문으로 나갔다. 조신은 등에 이마에 땀이 쭉 흘렀다.

밤도 깊어서 모두 잠이 들었다. 깨어 있는 것은 조신뿐인 것 같았다. 기실 조신은 모든 사람이 다 잠들기를 기다린 것이었다. 조신은 할 일이 있었으니, 그것은 사랑 벽장에 있는 평목의 행구를 치우는 것이었다.

평목의 시체를 묻지 아니한 것보다 못지않게, 그의 행구를 처치해 버리지 아니한 것을 조신은 후회하였다. 조신은 이 행구를 치울 것을 잊어버린 것은 아니었다. 다만 무서워서 손을 대기가 싫어서였다. 그러나 이 행구는 평목을 죽인 살인에 대하여는 꼼짝할 수 없는 증거였다. 왜 그런고 하면, 그 바랑 속에는 평목의 이름을 쓴 도첩이 있을 것이요, 또 아마 그의 바리때 밑에도 이름이 새겨 있을 것이다. 이것이 드러난 담에야 다시 무슨 변명이 있으랴. 이것을 생각하면 조신은 전신이 얼어 들어가는 것 같았다.

조신은 식구들이 다 잠들기를 기다렸으나, 달례가 좀처럼 잠이 아니 드는 모양이었다. 조신은 달례에게 대하여서도 장차 제가 시작하려는 일을 알리고 싶지 아니하였다. 죄를 진 자가 제 죄를 감추려는 모든 일은 제 그림자보고도 말하고 싶지 아니한 것뿐이었다.

마침내 달례가 정말인지 부러인지 모르나 가볍게 코를 고는 소리가 들렸다. 조신은 가만히 일어나서 밖에 나갔다. 흐렸던 하늘은 활짝 개고 시월 하순 달이 불붙은 쇠뿔 모양으로 떠 올라와서 푸르스름한 빛을 내고 있는 것이 귀신 사는 세상에나 볼 것같이 무시무시하였다.

조신은 호미와 낫을 들고 사랑 벽장 붙은 쪽으로 발끝걸음으로 가만가만 걸어갔다. 다들 사냥에 지치고 술이 취하였으니, 아무도 볼 사람이 없으리라고 안심은 하나 달빛이 싫었다.

조신은 아무쪼록 처마 그늘에 몸을 감추면서 호미 끝으로 벽장 바깥벽을 따짝따짝 긁어 보았다. 의외에 소리가 컸다. 조신은 쥐가 긁는 소리와 같이 방 안에서 자는 사람의 귀에 들리도록 가락을 맞추어서 긁었다.

마른 벽은 굳기가 돌과 같아서 여간 쥐가 긁는 소리로는 구멍이 뚫어질 것 같지 아니하였다.

'이렇게 언제 그놈의 바랑을 끌어낼 만한 구멍을 뚫는담.'

하고 조신은 뒤를 휘둘러보며 한숨을 쉬었다.

'그래도 뚫어야 한다. 뚫고 그놈의 바랑을 꺼내야 한다. 그 밖에는 살아날 길이 없다.'

조신은 또 호미 끝으로 혹은 낫 끝으로 콕콕 찔러도 보고 박박 긁어도 보았다. 그리고는 얼마나 흙이 떨어졌나 하고 손으로 쓸어도 보았다. 그러나 아직 욋가지가 조금 드러났을 뿐이요, 그것도 손바닥만 한 넓이밖에 못 되었다.

이 모양으로 조신이 정신없이 긁고 있을 때에 방에서 나는 소리가,

"이게 무슨 소린가?"

하자, 또 한 소리가,

"쥔가 보오. 벽장에 쥐가 들었나 보오."

하고 주고받는다. 귀인이라 잠귀가 밝다 하고 조신은 벽에서 떨어져서 두어 걸음 달아나서 숨어서 귀를 기울였다.

"거, 꿈이 수상하오."

하고 또 소리가 들린다. 그것은 원의 음성이었다.

"무슨 꿈이오?"

하는 것은 모례의 소리였다.

"비몽사몽인데 저 벽장문이 방싯 열리며, 웬 중의 머리가 쑥 나온단 말요. 그러자 쥐 소리에 잠이 깼는걸."

이것은 원의 소리다.

다음에는 모례의 소리로,

"낮에 본 것이 꿈이 된 게지요."

그리고는 잠잠하다. 조신은 두 사람이 코고는 소리가 나기를 기다렸으나 아무 소리도 없었다.

조신은 원의 꿈이 마음에 찔렸다. 평목이 원의 꿈에 나타나서 전후시말을 다 말을 하면 어찌하나 하고 고개를 숙였다.

평목이 혼이 원의 꿈에 들어오는 것을 막을 길이 없어도 벽장에 든 평목의 행구는 집어치워야만 한다. 조신은 또 낫 끝으로 욋가지를 따짝따짝해 보았다. 그러고는 귀를 기울였다. 조신은 조금 더 힘을 주어서 호미로 흙을 긁었다. 그러다가 지그시 흙을 잡아당기었다. 쩍 하면서 흙 한 덩어리가 떨어진다. 흙덩어리는 손을 피하여서 털썩 하는 소리를 내고 땅에 떨어져서 부서졌다. 고요한 밤이라 조신의 귀에는 그것이 벼락 치는 소리와 같았다. 조신은 큰일을 저지른 아이 모양으로 두 손을 허공에 들고 어깨를 웅숭그렸다.

"이봐라."

하고 호령하는 소리가 들렸다. 원의 소리다.

"이봐라 네, 이 벽장을 열어 보아라. 쥐가 들었단 말이냐. 사람이 들었단 말이냐."

이것은 원이 윗방에서 자는 통인을 부르는 소리였다.

"아이구 이제는 죽었고나!"

하고 조신은 호미를 버리고 방으로 뛰어 들어갔다. 혹시 발각이 되더라도 도적이 와서 벽을 뚫다가 달아난 것으로 보였으면 하는 한 줄기 희망도 있었지마는, 그것은 그렇다 하고라도 평목의 바랑이 드러났으니 꼼짝할 수가 없다.

조신은 달례를 흔들었다. 달례가 벌떡 일어났다.

"나는 달아나오."

조신은 떨리는 소리로 말하였다.

"네, 어디로?"

달례는 조신의 소매에 매달렸다.

조신은 떨리는 손으로 달례의 머리를 만지면서,

"내가 평목이를 죽였어. 평목이를 죽인 게 나야. 그런데 그것이 탄로가 났어. 원이 알았어. 이제 꼼짝달싹할 수 없이 되었으니, 나는 달아나는 대로 달아나겠소. 당신은 모례 아손께 빌어 보오. 살인이야 내가 했지 당신이야 상관이 있소? 집과 재물은 다 빼앗기겠지만 당신이나 아이들이야 설마 죽일라구, 자, 놓으시오. 어서 나는 달아나야 해."

하고 한 손으로 달례가 잡은 소매를 낚아채고 한 손으로 달례의 머리를 떠밀어서 몸을 빼치려고 한다. 그래도 달례는 놓지는 아니하고 더욱 조신의 소매를 잡아 쥐며,

"당신이 달아나면 다 같이 달아납시다. 살인한 놈의 처자가 어떻게 이 동네에 붙어 있겠소. 우리 다섯 식구 가는 대로 가다가 살게 되면 살고, 죽게 되면 같이 죽읍시다."

하고 조금도 허둥허둥하는 빛도 없이 아이들을 일으킨다.

조신의 집 식구들은 얼마나 빨리 걸었는지 작은 두텁고개를 넘어 큰 두텁고개 수풀 길에 다다랐을 때에는 아이 어른 할 것 없이 모두 땀에 떠 있었다.

"아버지, 좀 쉬어 갑시다."

하는 미력의 목소리는 가늘었다.

조신은 우뚝 서서 뒤를 돌아보았다. 미력이는 눈 위에 기운 없이 주저앉았다.

"아버지, 나는 더 못 가겠어요."

하고 미력이는 고만 쓰러지고 말았다.

"웬일이냐. 어디가 아프냐?"

하고 달례가 마력의 머리를 만져 보았다.

"아이구, 이를 어쩌나. 이 애 몸이 불이로구려."

조신은 업은 아이를 내려 보았다. 미력의 몸은 과연 불같이 달았다.

"미력아, 미력아."

하고 조신과 달례가 아무리 불러도 미력은 숨소리만 짧게 씨근거리고 말을 못 하였다. 조신은 굴 앞에 놓인 평목의 시체를 생각하였다. 미력이 앓는 것은 평목의 장난인 것 같아서 일변 무섭고 일변 원망스럽다.

바람은 없었으나 새벽은 추웠다. 조신은 미력을 무릎 위에 안았다. 열일곱 살이나 먹은 사내는 안기도 어려웠다. 어린것들은 옹기종기 모여 앉아서 떨고 있었다. 이러다가 여섯 식구가 몽땅 얼어 죽을 길밖에 없었다. 인가를 찾아가자니 집으로 되돌아가지 아니하면, 큰 두텁고개 이십 리를 넘어야 하였다. 게다가 뒤에 조신을 잡으려고 따르는 나졸이 있는지도 모른다.

조신은 절망적인 마음으로 하늘을 우러러보았다. 갈고리 같은 달은 높이 하늘에 걸리고 샛별도 주먹같이 떠올랐다. 이 망망한 법계에 몸을 담을 곳이 없는 몸인 것을 조신은 가슴 아프게 느꼈다.

이 모양으로 얼마나 지났는지 모르나 조신은 벌써 숨이 끊어진 미력이 그런 줄도 모르고 안고 있었다. 달례가 미력의 몸을 만져 본 때에야 비로소 그가 식은 몸인 것을 알았다.

"미력아, 미력아."
하고 두어 번 불러 보았으나 눈물도 나오지 아니하였다.

조신은 미력의 눈을 손으로 쓸어 감기며,

"미력아, 네야 무슨 죄 있느냐. 부디 왕생극락하여라. 나무아미타불, 나무아미타불."
하고 염불을 하면서 그 시체를 안고 일어나서 허둥지둥 묻을 곳을 찾았다.

땅을 팔 수도 없거니와, 팔 새도 없었다. 조신은 여기가 좋을까, 저기가 좋을까 하고 나무 그늘로 이리저리 헤매었다. 볕이나 잘 들 데, 물에 씻기지나 아니할 데, 이다음에 와서 찾을 수 있는 데, 이러한 곳을 찾느라고 이리저리 헤매었다. 조신은 무섭고 미운 생각으로 평목의 시체를 안고 가던 한 달 전 일을 생각하였다. 이제 그는 슬픔과 아까움과 무서움을 품고 아들의 시체를 안고 헤매는 것이다.

조신은 두드러진 바위 밑 늙은 소나무 그늘에 미력을 내려놓았다. 그러고는 혹시나 살아 있지나 아니한가 하고 미력의 가슴에 귀를 대어 보았으나 잠잠하였다.

'정말 죽었고나.'
하고 조신은 벌떡 일어났다. 조신은 미력의 손발을 모았다. 아직도 굳어지지 아니하여 나긋나긋하였다. 생명이 다시 돌아올 것만 같았다.

조신은 미력의 시체를 눈으로 파묻었다. 아무리 두 손으로 눈을 쳐 덮어도 미력의 검은 머리가 덮이지 아니하였다. 미력이 몸을 흔들어서 눈이 흘러내리는 것 같았다.

마침내 검은 머리도 감추었다. 인제는 달빛에 비추인 눈더미뿐이었다.

조신은 오래간만에 합장을 하였다. 뜨거운 눈물이 쏟아짐을 걷잡을 수 없었다. 어디서 캥캥 하고 여우 우는 소리가 들렸다.

조신은 돌아서서 처자들이 있는 곳으로 내려왔다.

달례와 세 아이들은 한데 뭉쳐서 올올 떨고 있었다. 속은 비고 몸은 얼어 들어왔다. 어제 사냥하느라고 산으로 달리고 밤을 걱정과 슬픔으로 새운 조신은 사내면서도 정신이 반은 나간 것 같았다.

"자, 다들 일어나서 가자. 산 사람은 살아야지. 걸음을 걸으면 몸도 더워진다."

하고 조신은 칼보고를 업고 나섰다. 달례도 젖먹이를 업고 따랐다. 달보고도 기운 없이 따랐다.

"고개만 넘어가면 인가가 있어."

하고 조신은 가끔가끔 뒤를 돌아보면서 걸었다.

'가족에게 알리지 말고 저 한 몸만 빠져 나왔더면 이런 일은

없는걸.'

하고 조신은 후회하였다. 아무리 살인한 놈의 식구라도 당장 내쫓지는 아니할 것이다.

'나 한 몸만 같으면야 무슨 걱정이 있으랴, 어디를 가면 못 얻어먹고 어디를 가면 못 숨으랴. 이 식구들을 끌고야 어떻게 밥인들 얻어먹으며 몸을 숨기긴들 하랴.'

하고 조신은 얼음길에 힘들게 다리를 옮겨 놓으면서 혼자 생각하였다.

조신의 일행이 천신만고로 두텁고개 마루터기에 올라섰을 때에는 벌써 해가 떴다.

태백산맥의 여러 봉우리들이 볕을 받아서 금빛으로 빛났다. 마루터기 찬바람은 살을 에는 듯하였다. 골짜기에는 아직 밤이 남아 있고 그 위에는 안개가 있었다. 조신은 저 어둠 속에는 따뜻한 인가들이 있고 김이 나는 국과 밥이 있을 것을 생각하였다. 배고프고 떨고 있는 처자를 다만 한참 동안이라도 그런 따뜻한 맛을 보여 주고 싶었다.

"아버지 추워."

"어머니 배고파."

아이들은 이런 소리를 하기 시작하였다.

"잠깐만 참아. 이 고개를 다 내려가면 말죽거리야. 거기 가면 따뜻한 방에 들어앉아서 뜨뜻한 국에 밥을 말아 먹을걸."

조신은 이런 말로 보채는 어린것들을 위로하였다.

조신의 일행은 마침내 말죽거리를 바라보게 되었다. 이곳은 그리 큰 주막거리는 아니나 삼태골, 울도, 멍에목이로 가는 길들이 갈리는 목이었다. 그래서 보행객이나 짐실이 마소들이 여기 들어서 묵어서 가는 참이었다.

조신의 계획은 밤 동안에 우선 여기까지 와 가지고 어디로나 달아날 방향을 정하자는 것이었다. 길이 사방으로 갈리기 때문에 종적을 숨기기 쉽다고 생각한 것이었다.

"저기 집 보인다."

"연기가 나네."

하고 아이들은 얼어붙은 입으로 좋아라고 재깔였다.

"떠들지 말아."

달레가 걱정하였다.

연기 나는 집들을 본 아이들은 매우 흥분한 모양이었다. 그들은 산길을 걷는 동안은 거의 입을 벌리지 아니하였다.

냇물은 굵은 돌로 놓은 검정다리에 부딪혀 소리를 내며 흘렀다. 물결이 없는 곳에는 얼음이 얼어 있었다. 꿩도 날고 까마귀와 까치도 날았다.

주막거리에서는 벌써 짐 진 사람과 마소 바리들이 떠나고 있었다. 웬 보행객 한 사람이 마주 오는 것을 조신은 보았다. 조신은 어쩌나 하고 가슴이 뭉클하였으나, 어찌할 도리가 없었다.

"어디서 떠났길래 이렇게 일찍 오시오?"

하고 그 행객이 조신의 일행을 보고 물었다. 그는 조신네 일행을 훑어보았다.

"애 외할아버지가 병환이 위독하다고 전인이 와서 밤 도와 오는 길이오."

하고 조신은 그럴 듯이 꾸며 대었다.

그 행객은 달레와 달보고를 힐끗힐끗 보면서 지나갔다.

조신은 아무쪼록 태연한 태도를 지으려 하였으나 인가가 가까워 올수록 가슴이 울렁거렸다. 아직 방앗골 살인 소식이 여기까지 올 리는 만무하다고 믿기는 믿건마는, 죄 지은 마음에는 밝은 빛이 무섭고 사람의 눈이 무서웠다.

'태연해야 돼.'

하고 조신은 저를 책망하면서 말죽거리에 들어섰다. 부엌들에서는 김이 오르고, 죽을 배불리 먹고 짐을 싣고 나선 마소와 길에 서성거리는 사람들의 입과 코에서도 김이 나왔다. 거리에 나선 사람들의 눈은 조신의 일행에 모이는 것 같아서 낯이 간지러웠다.

조신은 아내 달레와 딸 달보고의 얼굴이 아름다운 것이 원망스러웠다. 비록 수건을 눈썹까지 내려 썼건마는, 수건 밑으로 드러난 코와 입과 뺨만 해도 그들이 세상에도 드문 미인인 것을 알 수가 있었다.

'금시에 곰보라도 되어 버렸으면…….'
하고 조신은 아내와 딸을 돌아보고 길바닥에 침을 탁 뱉었다.

조신은 될 수 있는 대로 거리 저편 끝 으슥한 집을 골라서 들려 하였으나, 사람들이 쳐다보고 따라오는 것이 짜증이 나서 '아무 집이나' 하고 주막에 들었다.

주막쟁이는 조신네 일행이 차림차림이 남루하지 아니한 것을 보고 '안 손님'이라 하여 안으로 끌어들였다.

"무얼 잡수시려오? 묵어 가시려오? 애기들이 참 어여쁘기도 하오."
하고 주막집 마누라는 수다를 떨었다.

"에그, 추우시겠네. 어서 이리 들어들 오시오."
하고 방에 늘어놓은 요때기 옷가지를 주섬주섬 치우면서 조신네 식구를 힐끗힐끗 보았다. 조신은 그 여편네가 싫었으나 어찌할 수 없었다.

방은 따뜻하였다. 밥도 곧 들어왔다. 상을 물리는 둥 마는 둥 아이들은 고꾸라져 잠이 들었다. 달례는 아이들이 자는 양을 물끄러미 들여다보고 앉아 있었으나 역시 꼬박꼬박 졸고 있었다.

조신은 자서는 안 될 텐데 하면서도 자꾸만 눈가죽이 무거웠다. 죽은 미력이를 생각하기로니 자서 될 수 있나 하고 저를 꼬집건마는 아니 잘 수가 없었다. 결국 조신도 달례도 다 잠이 들고 말았다. 마치 이 세상에서 마지막으로 한 번 편히 쉬자 하는 것 같았다.

행객과 마소가 다 떠나고 난 주막거리는 조용하여서 낮잠 자기에 마침이었다. 조신네 식구들은 뜨뜻한 방에서 마음 놓고 자고 있었다.

이때에 조신의 귀에,

"여보시오, 손님 여보시오, 애기 어머니, 일어나시오. 누구 손님이 찾아오셨수."

하는 소리가 들렸다.

조신은 그것이 주막쟁이 마누라의 음성이다 하면서 얼낌덜낌에,

"없다고 그러시오. 여기는 아무도 오지 않았다고."

하고 돌아누웠다. 돌아눕고 생각하니 아니할 소리를 하였다 하고 벌떡 일어나 앉았다. 주막쟁이 마누라는 문을 열어 잡고 밖에 서서 모가지만 방 안에 디밀고 있었다.

"누가 왔어요?"

하고 조신은 아까 한 말을 잊어버린 듯이 주막쟁이 마누라를 물

끄러미 바라본다.

"누구신지 내가 어떻게 알아요. 말 타고 오신 손님이야요. 말 탄 시종 하나 데리고. 아주 점잖은 양반이야요."

주막쟁이 마누라가 이렇게 말할 때에 달례도 일어나서 벽을 향하여 머리를 만진다.

조신은 울렁거리는 가슴과 떨리는 몸을 억지로 진정하려고 한 번 선하품을 하고 기지개를 켜고 나서 가장 태연하게,

"말 탄 사람이라, 나 찾아올 사람이 있나. 그래 무에라고 나를 찾아요?"

하고 천연덕스럽게 물었다. 자기 운명의 마지막이 다다랐음을 느끼면서, 그는 잠시라도 속이지 아니할 수 없었다.

"손님 행색이 유표하지 않소? 선녀 같은 아씨, 작은 아씨만 해도 눈에 띄지 않소? 게다가 서방님이 또 특별하게 잘나셨거든. 벌써 말죽거리에 소문이 짜아한데 뭐 숨기려 숨길 수 없고 감추려 감출 수 없는 달 아니면 꽃인 걸 뭐, 안 그래요, 아씨? 그래 그 손님이 말죽거리 들어서는 길로 이러이러한 사람 못 보았느냐고 물었을 것 아냐요? 그러면 말죽거리 사람은 남녀노소 할 것 없이 그런 손님이 우리 집에 들었느니라고 말할 것 아냐요? 원체 유표하거든. 아이, 어쩌면 아씨는 저렇게도 어여쁘실까? 누가 애기를 셋씩이나 낳은 분이라 해? 할미는 말죽거리서 육십

평생을 살아도 저러신 분네는 처음이야. 이 작은 아씨도 활짝 피면 어머니 같을 거야."

하고 할미의 수다는 끝날 바를 모른다.

"그 손님은 어디 계슈?"

이것은 달례가 묻는 말이었다.

"아, 일어나셨다고 가서 알려야겠군. 손님네 곤히 주무신다고 했더니, 그러면 가만두라고, 깨거든 알리라고 그러시던데."

하고 주막쟁이 마누라는 신발을 찔찔 끌면서 가 버린다.

"여보, 주인마님."

하고 조신은 문으로 고개를 내밀고 불렀으나 귀가 먹었는지 그냥 부엌으로 가서 스러지고 말았다.

달보고가 일어나서 놀란 새 모양으로 아비와 어미의 낯색을 번갈아 보고 있다.

조신은 가만히 앉아 있었다. 인제 도망하려야 도망할 재주도 없었다.

"우리를 잡으러 온 사람은 아닌가보오. 아마, 모례 아손인가 보아."

조신은 달례를 보고 이런 소리를 하였다. 달례는 말없이 매무시를 고치고 있었다.

'인제는 앉아서 되는 대로 되기를 기다릴 수밖에 없다.'

하니 조신은 마음이 편하여졌다.

'죽기밖에 더하랴.'

하고 조신은 더욱 마음을 든든히 먹었다.

밖에서 주막쟁이 마누라의 신 끄는 소리가 들리고 그 뒤에 뚜벅뚜벅 점잖은 가죽신 소리가 들렸다.

문이 열렸다. 주막쟁이 마누라의 싱글벙글하는 얼굴이 나타나며,

"손님 오시오."

하고 물러선다.

그래도 잠시는 손님의 모양이 보이지 아니하였다. 조신과 달례와 달보고는 굳어진 등신 모양으로 숨소리도 없이 가만히 앉아 있었다.

달례는 문득 생각난 듯이 아랫목에 뉘었던 두 아이를 발치로 밀어 손님이 들어오면 앉을 자리를 만들고 있었다. 조신은 그것이 밉고 질투가 났으나, 지금은 그런 생각을 할 경황이 있을 수 없다고 입맛을 다셨다.

"에헴."

하고 기침을 하고 가래를 고스르는 소리가 들렸다.

그리고 자주 긴 옷에 붉은 갓을 쓴 모례가 허리에 가느스름한 환도를 넌지시 달고 두 손을 읍하여 소매 속에 넣고 문 앞에 와

서 그림을 그린 듯이 섰다.

"조신 대사, 나 모례요."

조신은 예기한 바이지마는 흠칫하였다. '모례'라는 이름보다도 조신 대사라는 말이 더욱 무서웠다.

조신은 벌떡 일어났다. 무서워서 일어난 것인가, 인사로 일어난 것인가 조신 저도 몰랐다. 그의 눈은 휘둥글하여 깜빡거릴 힘도 없었다.

달례도 일어나서 벽을 향하고 돌아섰다. 달보고는 모례를 한 번 힐끗 눈을 치떠 보고는 고개를 소곳하고 엄마의 곁에 섰다.

"마누라는 저리 가오."

하고 모례는 주막쟁이 할미를 보내었다. 모례는 할미가 부엌으로 스러지는 것을 보고 나서,

"놀라지 마오. 나는 대사를 해하러 온 사람은 아니요. 조용히 할 말이 있어서 찾으니 내가 방에 좀 들어가야 하겠소."

하고 신을 벗고 올라선다.

조신은 저도 모르는 겨를에,

"아손마마 황송하오."

하고 방바닥에 꿇어 엎드렸다.

모례는 달례가 치워 놓은 자리에 벽을 등지고 섰다.

조신은 꿇어 엎드린 채로 두 손으로 방바닥을 짚고 고개만 쳐

들고 눈을 치떠서 모례를 우러러보며,

"황송하오, 누추한 자리오나 좌정하시오."

하였다. 조신에게는 모례가 자기 일가족을 죽이고 싶으면 죽이고 살리고 싶으면 살릴 수 있는 신명같이 보였다.

모례의 그 맑은 얼굴, 가느스름하고도 빛나는 눈, 어디선지 모르게 발하는 위엄에 조신은 반항할 수 없이 눌려 버렸다. 달례가 저런 좋은 남편을 버리고 어찌하여 나 같은 찌그러지고 못난 남자를 따라왔을까 하면 꿈같고 정말 같지 아니하였다.

모례는 조신이 권하는 대로 앉았다. 깃옷으로 두 무릎을 가리고 단정히 앉은 양은 더욱 그림 같고 신선 같았다. 그 까만 윗수염 밑에 주홍칠을 한 듯한 입술하며 옥으로 깎고 흰 깁으로 싼 듯한 손하며, 어디를 뜯어보아도 나와 같이 업보로 태어난 사바세계 중생 같지는 아니하였다.

조신은 새삼스럽게 제 몸이 추악하게 생기고 마음이 오예로 찬 것을 깨달았다. 더구나 눈앞에 놓인 제 두 손을 보라. 그것은 사람을 죽인 손이 아닌가. 평목 대사의 목을 조르고 코와 입을 누르던 손이 아닌가. 제 집 벽장에 구멍을 뚫고 평목의 행구를 훔쳐 내려던 손이 아닌가. 그러나 그뿐인가, 몇 번이나 이 손으로 모례를 만나면 죽이려고 별렀는가.

'그리고 내 입, 내 혀!'

하고 조신은 이를 갈았다. 이 입, 이 혀로 얼마나 거짓말을 하였는가. 아내까지도 속이지 아니하였는가. '장인이 병환이 위중해서 밤 도와 오는 길이라.'고 오늘 아침 말죽거리 어귀에서 행객에게 한 거짓말까지도 모두 물 붓는 채찍이 되어서 조신의 몸을 후려갈겼다.

"아손마마, 살려 주오. 모두 죽을죄로 잘못하였소. 저 어린것들을 불쌍히 여겨서 제발 살려 주오."

하고 조신은 우는 소리로 중얼거리며 무수히 이마를 조아렸다.

"조신 대사."

하고 모례가 무거운 어조로 부른다.

"예이, 황송하오. 이 몸과 같이 궁흉극악한 죄인을 대사라시니 더욱 황송하오."

하고 조신은 전신이 땀에 잦아듦을 느꼈다.

"조신 대사, 궁흉극악한 죄인이라 하니 무슨 죄 무슨 죄를 지었노?"

모례의 소리에는 죄를 나투는 법관과 같이 엄한 중에도 제자의 참회를 받는 스승과 같은 자비로운 울림이 있었다.

조신은 더욱 마음이 비참해지고 부끄러움이 복받쳐 올랐다.

"비구로서 탐음심을 발하였으니 죄옵고, 그 밖에도 죄가 수수 만만이오나 달례 아가씨를 후려낸 것과 평목 대사를 죽인 것이 죄 중에도 가장 큰 죄라고 깨닫소."

이렇게 참회를 하고 나니, 도리어 마음이 가벼워지는 듯해서 눈물에 젖은 낯을 들어 모례를 쳐다보았다.

"그러한 죄를 짓고도 살고 싶은가?"

조신은 잠깐 동안 말이 막혔다. 진정을 말하면 그래도 살고 싶었다. 그러나 또 한 번 거짓말을 하였다.

"이 몸이 만 번 죽어 마땅하오나 이 몸이 죽으면 저것들을 뉘가 먹여 살리오. 아손마마 저것들을 불쌍히 보시와서 그저 이번만 살려 주소서."

하고 조신은 소리를 내어서 느껴 울었다. 그러나 조신은 제가 마치 저 죽는 것은 둘째요, 처자가 가여워서 슬퍼하는 모양을 꾸미는 것이 저를 속임인 줄 알면서도 아무쪼록 모례가(또 달례나 달보고도) 거기 속아 주기를 바라는 범부의 심사가 부끄럽고도 슬펐다.

모례가 대답이 없는 것을 보고 조신은 더욱 사정하고 조르고 싶었다. 처음에는 아주 뉘우치는 깨끗한 마음으로 말을 꺼내었으나 살고 싶은 생각, 요행을 바라는 탐심의 구름이 점점 조신의 마음을 흐리게 하였다. 조신은 아무리 하여서라도 모례를 눈물로 이기고 싶었다.

"제발 이번만. 아손마마, 활인 공덕으로 제발 이번 한 번만 살려 줍소사. 이번만 살려 주시면 다시는 죄를 안 짓고 착한 사람이 되겠사옵고, 또 세세생생에 아손마마 복혜 쌍전하소서 하고 축원하겠사오니 아손마마, 제발 이번만 살려 줍소사."
하고 조신은 꺼이꺼이 목을 놓아 울었다.

"조신 대사!"
하고 모례는 아까보다는 높은 어조로 불렀다. 조신이 듣기에 그것은 무서운 어조요, 제 눈물에 속은 어조는 아니었다. 조신은 한 줄기 살아날 희망도 끊어지는가 하고 낙심하면서 고개를 쳐들어 모례를 우러러보았다. 속으로는 모례의 마음을 돌려 줍소서 하고 무수히 관세음보살을 염하였다.

"조신 대사, 나는 대사를 죽일 마음도 없고 살릴 힘도 없소. 대사가 내 아내 달례를 유혹하여 가지고 달아난 뒤로 나는 여태껏 대사의 거처를 탐문하였소. 대사를 찾기만 하면 이 칼로 죽여서 원수를 갚을 양으로. 그러다가 평목 대사가 대사의 숨은 곳을 알아내었다 하기로 진가를 알아볼 양으로 내가 평목 대사를 보냈던 것이오. 평목 대사를 먼저 보낼 때에는 내게 두 가지 생각이 있었소. 만일 조신 대사가 죄를 뉘우치고 내게 와서 빌고 다시 중이 되어서 수도를 한다면 나는 영영 모른 체하고 말리라 하는 마음하고, 또 한 생각은 만일 조신 대사가 참회하는 마음이 없다면 이 칼로……."

하고 허리에 찬 칼을 쭉 빼어서 조신을 겨누며,

"만일 아직도 뉘우침이 없다면 내가 이 칼로 조신 대사의 목을 베려는 것이었소. 그랬더니 평목 대사가 떠난 뒤에 열흘이 되어도 스무 날이 되어도 한 달이 되어도 소식이 없으므로 내가 그 고을 원께 청하여 사냥을 나왔던 것이오. 내가 대사의 집을 찾다가 우물가에서 저 아기를 만나서는 모든 의심이 다 풀리고 저 아기가 달례의 딸인 줄을 안 것이오. 내가 저 아기에게 옥고리를 준 것은 그것을 보면 혹시나 달례가 가까이 온 줄을 알아보고 지난 잘못을 뉘우치는 눈물을 흘리고 내게 용서함을 청할까 한 것이오. 나는 살생을 원치는 아니하오. 더구나 한 번 몸에 가사를 걸었던 비구의 몸에 피를 내기를 원치 아니하였소. 그래서 조신 대사에게 살 기회를 넉넉히 줄 겸, 또 정말 그 집이 조신 대사와 달례가 사는 집인가를 확실히 알 겸 대사의 집에 사처를 정하였던 것이오. 그러나 내가 바라던 것은 다 틀려 버렸소. 조신 대사는 평목 대사를 죽였다는 것이 발각되었소그려. 복도 죄도 지은 데로 가는 것이야. 조신 대사는 불제자이면서도 죄를 짓고 복을 누리려 하였소. 꾀를 가지고 천하를 속이고 인과응보의 법을 속이려 하였지마는, 그게 될 일인가. 조신 대사는 굴에서 평목 대사의 시신이 나왔을 때에도 시치미를 떼었소. 대사는 그러하므로 천지의 법을 속여 보려 하였고 또 벽장에 둔 바랑을 꺼내려고 구멍을 뚫었지마는, 그것이 도로 그 바랑을 세상에 내놓게 재촉하였소. 그것이 안 되니까, 대사는 도망하였소. 도망하여 세상과 천지를 속이려 하였지마는, 그 사슴이 자취를 남기던 것과 같이 조신 대사도 자취를 남겼소. 그림자와 같이 따르는 업보를 어떻게 피한단 말요? 그런데 조신 대사는 제 죄의 자취를 지워 버리고 제 업보의 그림자를 떼어 버리려고 하였소. 그게 어리석다는 것이야. 탐욕이 중생의 눈을 가린 거야. 그런데 조신 대사는 아직도 깨닫지 못하고 이제는 눈물과 말과 보챔으로 또 한 번 하늘과 땅을 속여 보자는 거야. 부끄러운 일 아뇨? 황송한 일 아뇨? 이 자리에서는 조신 대사의 목숨은 내게 달렸소. 내 한 번 손을 들면 대사의 목이 이 칼에 떨어지는 거야. 내가 십육 년 두고 벼르던 원수를 쾌히 갚을 수 있는 이때요."
하고 모례는 벌떡 일어나 칼을 높이 들어 조신의 목을 겨눈다.

조신은 황황하여 몸을 일으켜 합장하고,

"아손마마, 살려 줍시오. 잠깐만 참아 줍시오."
하고 애원하는 눈으로 모례를 우러러본다. 모례의 눈에서는 불길이 뿜었다.

모례는 소리를 높였다. 타오르는 분노를 더 참을 수 없는 것 같았다. 당장에 그 손에 들린 칼이 조신의 목에 떨어질 것같이 흔들리고 번쩍거렸다.

"이놈! 네 조신아 듣거라. 불도를 닦는다는 중으로서 남의 아내를 빼어 내고도 잘못한 줄을 모르고, 네 법려인 사람을 죽이고도 아직도 좀꾀를 부려서 나를 속이고 천지신명을 속이려 하니, 너 같은 놈을 살려 두면 우리나라가 더러워질 것이다. 내가 당장에 이 칼로 네 목을 자를 것이로되, 아니하는 뜻은 너는 이미 나라의 죄인이라, 나라의 죄인을 내 손으로 죽이기 황송하여 참거니와, 만일 네가 도망하여 나라에서 너를 잡지 못하면 내가 하늘 끝까지 가서라도 이 칼로 네 목을 베고야 말 터이니 그리 알아라."

하고 칼을 도로 집에 꽂고 자리에 앉는다.

조신은 고만 방바닥에 엎어지고 말았다. 머리를 부딪는 소리가 땅 하였다. 조신은 마치 벼락 맞은 사람과 같았다. 힘줄에도 힘이 없고 뼈에서도 힘이 빠진 것 같았다. 오직 부끄러움과 절망의 답답함만이 가슴에 꽉 차서 숨이 막힐 듯하였다.

칼보고가 깨어서 울었다. 그 소리에 젖먹이도 깨어서 기겁을 할 듯이 울었다. 조신은 고개를 들어서 달례와 달보고를 바라보았다. 달례는 벽을 향한 채로 느껴 울고 달보고는 두 손으로 낯을 가리고 울고 있었다.

조신은 모례를 바라보았다. 모례는 깎아 놓은 등신 모양으로 가만히 방바닥만 내려다보고 있었다. 까마귀가 가까운 어디서

까옥까옥하고 자꾸 짖고 있었다.

조신은 마침내 결심을 하였다. 인제는 별수 없다. 자기는 자현하여서 받을 죄를 받기로 하고 처자의 목숨을 모례에게 부탁하자는 것이었다. 그렇다, 사내답게 이렇게 하리라 하고 작정을 하니 마음이 가뿐하였다.

"아손마마!"

하고 조신은 모례를 불렀다.

모례는 말없이 조신에게로 고개를 돌렸다. 그 눈에는 몹시 멸시하는 빛이 있었다. 입을 한일자로 꽉 다물고 입귀가 좌우로 처진 양이 참을 수 없이 못마땅하다는 뜻을 표함이었다. 이것은 지위 높은 귀인이 아니면 볼 수 없는 표정이었다.

조신은 모례의 표정을 보고 더욱 가슴이 섬뜨레하였으나 큰 결심을 한 조신에게는 아무것도 두려울 것도 없고 꺼릴 것도 없었다. 만일 이제 모례가 칼을 빼어 목을 겨누더라도, 그날이 목덜미에 스치더라도 눈도 깜짝 아니할 것 같다. 아까운 것이 있을 때에는 바싹만 해도 겁이 많을러니 모든 것을 다 버리고 나니 하늘과 땅에 두려울 것이 없었다. 조신은 처자도 이제는 제 것이 아니요, 제 몸도 목숨도 그러함을 느꼈다. 조신은 마치 무서운 꿈을 깨어난 가벼움으로 입을 열었다.

"모례 아손, 이제 내 마음은 작정되었소. 나는 이 길로 가서 자현하려오. 나는 남의 아내를 유인하고 남의 목숨을 끊었으니 내가 나라에서 받을 벌이 무엇인지를 아오. 나는 앙탈 아니하고 내게 오는 업보를 달게 받겠소. 내게 이런 마음이 나도록, 나를 오래 떠났던 본심에 돌아가도록 이끌어 준 아손의 자비 방편을 못내 고맙게 생각하오."

하고 조신은 잠깐 말을 끊고 모례의 얼굴을 바라보았다. 모례의 눈과 입에는 어느덧 경멸의 빛이 줄어졌다. 그것을 볼 때에 조신은 만족하고 또 새로운 힘을 얻었다.

조신은 그리고는 달례와 아이들을 돌아보았다. 약간 그들에게 마음이 끌렸으나 이제는 도저히 내 것이 아니라고 제 마음을 꽉 누르고 다시 입을 열었다.

"모례 아손, 이 몸이 간 뒤에 의지할 곳 없는 이것들을 부디 건져 주소사. 굶어 죽지 않도록, 죄인의 자식이라고 천대받지 않도록 부디 돌봐 주소사. 그 은혜는 세세생생에 갚사오리다."

할 때에 조신은 얼음같이 식었던 몸이 훈훈하게 온기가 돎을 느꼈다. 그러고 두 눈에서는 따뜻한 눈물이 막을 수 없이 흘러내렸다.

달례도 달보고도 모두 더욱 느꺼워서 울었다. 그러나 그것은 슬프지마는, 따뜻하고 부드러운 슬픔이었다.

모례의 눈도 젖었다. 그가 가만히 눈을 감을 때 두 줄 눈물이 옥같이 흰 뺨에 흘러내리는 것을 그는 씻으려고도 아니하였다.

방 안은 고요하였다. 천지도 고요하였다. 한 중생이 바로 깨달아 보리심을 발할 때에는 삼천 대천 세계가 여섯 가지로 흔들리고 지옥의 불길도 일시는 쉰다고 한다.

이렇게 고요한 동안에 세월이 얼마나 흘렀는지 모른다.

모례는 이윽고 손을 들어 낯의 눈물을 씻고,

"조신 대사, 잘 알았소. 그렇게 보살의 본심에 돌아오시니 고맙소. 길 잃으면 중생이요 깨달으면 보살이라, 과연 대사는 보살이시오. 나는 지금 대사의 말씀에서 눈물에서 부처님을 뵈왔소. 이 방 안에 시방 삼세제불 보살이 뫼와 겨오심을 뵈왔소. 대사의 가족은 염려 마시오. 내가 다 생각한 바가 있소. 대강 말씀하리다. 아이들은 내가 내 집에 데려다가 내 아들딸로 기르오리다. 그리고 아이들의 어머닐랑은 내 집에를 오든지 친정으로 가든지 또는 달리 원하는 대로 가든지 마음대로 하기로 하는 것이 어떠하오?"

모례의 관대함을 조신은 찬탄하여 일어나 절하고,

"은혜 망극하오. 더 무슨 말씀을 이 몸이 하오리까?"

하고 달보고를 돌아보며,

"달보고야, 이제부터는 이 어른이 네 참 아버지시다. 칼보고도 거울보고도 다 이제부터는 모례 아손을 아버지로 모시고 섬

겨라. 나는 두텁고개 눈 속에 묻힌 미력이를 따라 저 세상으로 가련다."

할 때에는 그래도 목이 메었다. 조신의 눈앞에는 제 몸이 미력의 뒤를 따라 죽음의 어두운 길로 걸어가는 양이 보이고, 평목이 혀를 빼어 물고 어둠 속에서 불쑥 나오는 양이 보여서 머리가 쭈뼛하였다. 무서워서 어떻게 죽나하는 생각이 나자 전신에 소름이 끼쳤다.

이때에 달례가 벽을 향하여 그린 듯이 섰던 몸을 돌려서 오른 무릎을 꿇고 왼편 무릎을 세우고 그 위에 두 손을 단정히 놓고 앉아 잠깐 모례를 치떠보고 고부습하게 고개를 숙이며 옥을 굴리는 듯한 목소리로,

"모례 아손마마, 죄 많은 이 몸이 무슨 면목으로 마마를 대하며 무슨 염의로 말씀을 여쭈오리까. 다만 목을 늘여서 죽이시기를 바라는 일밖에 없사오나 당초에 이 몸이 조신 대사를 유혹한 것이옵고 조신 대사가 이 몸에 먼저 손을 댄 것은 아니오니 그것만은 알아줍소서. 우리나라 법에 남편 있는 계집이 딴 남진을 하는 것은 죽을죄라 하옵고, 또 불의라 하여도 십유여 년 남편이라고 부르던 조신 대사가 이제 이 몸 때문에 죽게 되었사온데, 이 몸 혼자 세상에 살아 있을 염치도 없사옵고 또 아손마마께서 자비심을 베푸시와, 저 어린것을 거두어 주신다 하오시니

더욱이 황감하올뿐더러, 죽더라도 마음에 걸리는 일 하나도 없사오며, 또 평생에 남편으로 섬기기를 언약하고도 배반한 이 죄인이 마지막 길을 떠날 때에 아손마마의 칼에 이 죄 많은 몸을 벗어나면 저생에서 받는 죄도 가벼울 것 같사오니, 제발 아손의 허리에 차신 칼로 이 목을 베어 줍소사."
하고 두 손으로 방바닥을 짚고 가만히 몸을 앞으로 굽히며 옥과 같이 흰 목을 모례의 앞에 늘인다.

조신은 달례의 그 말, 그 태도에 감복하였다.

'달례는 도저히 나 같은 범부의 짝은 아니다. 저 사람이 나와 같이 십여 년을 동거한 것이 무슨 이상한 인연이거나 그렇지 아니하면 무슨 장난이다.'

이렇게 생각하고 한끝으로는 아깝고 한끝으로는 부끄럽고 또 한끝으로는 대견도 하였다. 그러나 이제 와서는 이 인연도 장난도 꿈도 다 끝이라고 생각하면 한없이 아쉽고 슬펐다. 도저히 이 대견한 인연을 일각이라도 더 늘일 수가 없다고 생각하면 하염없음을 금할 수 없었다.

'아아, 그립고도 귀여운 내 달례.'
하고 조신은 달례의 검은 머리쪽을 애틋하게 바라보았다.

말없이 달례의 하소연을 듣고 있던 모례는 눈을 번쩍 뜨며,

"달례, 잘 생각하였소. 바로 생각하였소. 진실로 내 칼에 죽는

것이 소원이오? 마음에 아무 거리낌도 없고 말에 아무 거짓도 없소?"

하고 달례를 향하여 물었다.

"천만에 말씀이셔라. 본래 믿지 못할 달례오나 세상을 떠나는 이 몸의 마지막 하소연이오니 터럭 끝만 한 거짓도 없는 것을 그대로 믿어 줍소사."

하고 달례의 음성에는 조금 떨림이 있었으나 분명하고도 힘이 있었다.

모례는 벌떡 일어나 한 걸음 달례의 앞으로 다가서며,

"진정 소원이 그러하거든 일찍 세세생생에 부부 되기를 언약한 옛정을 생각하여 이 몸이 지옥에 떨어지는 일이 있더라도 달례의 소원을 이루어 드리리다."

하고 왼편 손으로 금으로 아로새긴 칼집을 잡고 오른손으로 칼자루를 쥐기 잠시 주저하는 듯하더니 번개가 번쩍하며 시퍼런 칼날이 공중에 걸려 있었다.

"달례, 눈을 들어 이 칼을 보오."

하고 모례는 칼을 한 번 춤을 추이니 스르릉 하고 칼이 울었다.

달례는 고개를 들어서 칼을 치어다보았다.

"칼을 보았소."

하고 달례는 다시 고개를 늘인다.

"칼이 무섭지 아니한가?"

하고 모례의 말에, 달례는,

"무서울 줄이 있사오리까. 그 칼날이 한 찰나라도 빨리 내 살을 베는 맛을 보고 싶어이다."

하고 그린 듯하였다.

"마지막으로 달례에게 수유를 주오. 이 세상에 대한 애착과 모든 인연을 다 끊고 마음이 가장 깨끗하고 고요해진 때에, 인제 죽어도 아무 부족함이 전연 없고 물과 같이 마음이 된 때에 손을 드시오. 그때에 내 칼이 떨어지리다."

조신이나 달보고나 다 눈이 둥그레지고 칼보고, 거울보고는 달보고의 손을 부여잡고 죽은 듯이 있었다.

세 번이나 숨을 쉬었을까 하는 동안이 지나간 뒤에 달례는 가볍게 자기 바른손을 들었다.

번쩍하고 칼날이 빛날 때에는 조신도 달보고도 손으로 눈을 가리고 땅에 엎드려서 한참 아무 소리도 없었다.

조신은 무서운 광경을 예상하면서 고개를 들었다. 그러나 놀랐다. 달례의 머리쪽이 썽둥 잘라지고 뒷덜미에 한 치 길이만큼 실오리만 한 피가 흐르고 있었다.

모례의 칼은 벌써 칼집에 있었다.

조신은 이것이 무슨 뜻인지를 알았다. 머리쪽을 자른 것은 승이 되란 말이요, 목에 살을 잠깐 베어서 피를 낸 것은 이것으로 죽이는 것을 대신한다는 뜻이었다. 그 어떻게 그렇게 모례의 검술이 용할까 하고 탄복하였다.

조신은 유쾌하다 하리만큼 가벼운 포승을 지고 잡혀가서 옥에 매인 사람이 되었다.

중생이 사는 곳에 죄가 있어 나라가 있는 곳에 옥이 있었다. 왕궁을 지을 때에는 옥도 아니 짓지 못하였다. 극락이 있으면 지옥이 있었다. 이것은 모두 중생의 탐욕이 그리는 그림이었다.

옥은 어느 나라나 어느 고을이나 마찬가지로 어둡고 괴로운 곳이었다. 문은 검고 두껍고 담은 흉업고 높고 창은 작고 겨울이면 춥고 여름이면 더워서 서늘하거나 따뜻함이 있을 수 없었다. 더할 수 없이 더러운 마음들이 이루는 세계이매, 그같이 더러웠다. 흙바닥은 오줌과 똥과 피와 고름이 반죽이 되는 고랑을 차고 미움과 원망과 슬픔과 절망의 숨을 쉬고 있다. 어둠침침한 속에 허여멀끔한 여인 얼굴과 멀뚱멀뚱한 눈들이 번쩍거렸다. 쿨룩쿨룩 기침 소리와 끙끙 앓는 소리가 들렸다. 이 속에서 개벽 이래로 몇 천 몇 만의 사람이 죽어 나간 것이다. 조신은 이러한 옥 속에 들어온 것이었다.

옥에서 주는 밥이 맛있고 배부를 리가 없어서 배는 늘 고팠다. 사람이 살 수 있는 곳 중에 가장 더럽고 괴로운 데가 옥인 모양으로, 사람이 먹는 것 중에 가장 맛없는 밥이 옥 밥이었다. 배는 늘 고팠다. 목은 늘 말랐다. 늘 추웠다. 늘 아팠다. 늘 침침하고 늘 답답하였다.

그러나 조신은 이 속에서 기쁨을 찾기로 결심하였다. 이 생활을 수도하는 고행을 삼으려는 갸륵한 결심을 하였다. 조신은 오래 잊어버렸던 중의 생활을 다시 시작하였다. 그는 일심으로 진언을 외우고 염불을 하였다. 얻어들은 경 구절도 생각하고 참선도 하였다. 이런 것은 과연 큰 효과가 있어서 조신은 날마다 제 법력이 늘어 감을 느꼈다. 그 증거로는 마음이 편안하였다. 다른 죄수들이 다 짜증을 내고 악담을 하고 한숨을 쉬어도 조신은 점점 더 태연할 수가 있었다.

날마다 죄수는 들고 났다. 어떤 죄수는 끌려 나갔다가 몹시 얻어맞고 늘어져서 다시 피에 젖은 옷에서 비린내를 뿜으면서 들어오기도 하나, 어떤 죄수는 나갔다가 다시 들어오지 아니하여서 그 자리가 하루 이틀 비어 있는 일도 있었다. 이런 것은 무죄 백방이 되었거나, 죽은 것이라고 다른 죄수들은 생각하고는 그 자리를 다시금 돌아보는 것이다.

새로 들어오는 죄수는 살도 있고 기운도 있었다. 그는 먼저부터 있는 죄수들에게 여러 가지 세상 소식을 전하였다. 이것은 옥 중에서도 가장 큰 낙이었다.

이 속에 들어오는 사람은 예나 이제나 다름이 없었다. 도적질하고 온 놈, 사람 때리고 온 놈, 또는 조신 모양으로 사람을 죽이고 온 놈, 남의 집에 불 싸 놓고 붙들려 온 놈, 계집 때문에 잡힌 놈, 양반을 욕보인 죄로 걸린 놈, 이 모양으로 가지각색 죄명으로 온 놈들이었으나, 한 가지 모든 놈에 공통한 것은 저는 애매하다는 것이었다. 이를테면 사람을 죽였지마는 그런 경우에는 아니 죽일 수 없었다든가, 불을 놓은 것은 사실이나 불 놓인 놈의 소행이 더 나쁘다든가 이 모양이어서 아무도 제가 잘못한 것이라고는 생각지 않는 모양이었다. 조신은 그런 핑계를 들을 때마다 제 죄도 생각해 보았다.

'달례 같은 어여쁜 계집이 와서 매달리니 어떻게 뿌리쳐? 누구는 그런 경우에 가만둘까. 평목이놈이 무리한 소리로 위협을 하니 어떻게 가만두어? 누구는 그놈을 안 죽여 버릴 테야?'

이 모양으로 생각하면 조신은 아무 죄도 없는 것 같았다.

'아뿔싸!'

하고 조신은 흠칫하였다.

'평목이놈이 나 없는 틈에 내 딸에게, 아니 내 아내에게 무례한 짓을 하려 했기 때문에 그놈을 죽였다고 했다면 그만 아냐? 분해, 분해!'

조신은 제가 대답 잘못한 것을 후회하였다.

'괜히 모두 불었다. 모례놈헌테 속았다.'

이렇게 생각한 조신에게는 다시 마음의 평화는 없었다.

조신은 아직 판결은 아니 받고 있었다. 사실을 활활 다 자복하였건마는, 법의 판정에는 여러 가지 까다로운 절차가 많았다. 죄인이 자복을 하였더라도 그것을 그대로 다 믿는 것은 법이 아니다. 평목의 시체를 관원이 검시도 하여야 하고 동네 사람들의 증언도 들어야 한다. 이러한 사정으로 이 사건은 해가 넘어서 조신은 옥에서 한 설을 쇠었다.

섣달 그믐날 밤 부중 여러 절에서는 딩딩 묵은해를 보내는 인경이 울었다. 장방에 조신과 같이 갇힌 수십 명 죄수들이 잠을 못 이루고 눈을 감았다 떴다 하는 것이 등잔불 빛에 번쩍번쩍하였다. 그들은 모두 집을 생각하고 처자를 생각하고 있었다. 벽 틈으로는 찬바람이 휘휘 들어오고 바깥에는 아마 눈보라가 벽에 부딪히는 소리가 쓰윽쓰윽 하고 바다의 물결 소리 모양으로 들렸다.

조신은 한 소리도 아니 놓치려는 듯이 인경 소리를 세고 있었다. 마침내 잉잉 하는 울림을 남기고 인경 소리도 그쳤다. 방 어느 구석에선가 훌쩍훌쩍 느껴 우는 소리가 들렸다.

인경 소리에 가라앉았던 조신의 마음에는 다시 번뇌의 물결이 출렁거리기를 시작하였다.

"어, 추워!"
하고 조신은 이를 악물고 주먹을 한 번 불끈 쥐었다.

'죽기 싫어. 살고 싶어.'

조신은 길게 한숨을 내쉬었다. 그러나 살아날 가망은 없었다. 조신의 눈앞에는 평목의 시신과 바랑이 나뜨고 원과 모례의 얼굴이 나왔다. 증거는 확실하다. 그리고 조신은 세 번 문초에 다 똑바로 자백하였다.

'왜, 모른다고 뻗대지 못했어? 그렇지 않으면 평목에게 죄를 뒤집어씌우지를 아니했어? 에익, 고지식한 것!'

스스로 저를 책망하고 원망하였다.

한 번뇌에게 문을 열어 주면 뭇 번뇌가 뒤따라 들어온다.

'달례가 보고 싶다.'

조신은 달례와 같이 살 때에 재미있고 즐겁던 여러 장면을 생각했다. 그 어여쁜 얼굴, 부드러운 살, 따뜻한 애정, 이런 것이 모두 견딜 수 없는 그리움을 가지고 또렷또렷이 나타난다. 그때에는 뜨뜻한 방에 금침이 있고 곁에는 달례의 부드럽고 향기로운 몸이 있었다.

"으응."
하고 조신은 저도 모르는 결에 안간힘 쓰는 소리를 내었다.

'어느 놈이 내게서 달례를 빼앗았니?'

하고 조신은 소리소리 치고 싶었다.

조신에게서 달례를 빼앗은 것은 모례인 것만 같았다.

'이놈아!'

하고 조신은 모례를 자빠뜨리고 가슴을 타고 앉아서 멱살을 꽉 내려 누르고 싶었다. 이렇게 생각하면 달례는 지금 모례의 품속에 안겨 있는 것 같았다. 모례의 칼에 머리쪽을 잘렸으니 필시 달례는 어느 절에 숨어서 제 복을 빌어 주려니 하고 생각하던 것이 어리석은 것 같았다.

'그렇다. 달례는 지금 모례의 집에 있다. 분명 모례의 집 안방에 있다. 달례는 곱게 단장을 하고 모례에게 아양을 떨고 있다.'

조신의 눈에는 겹겹으로 수 병풍을 두른 모례 집 안방이 나오고 그 속에 모례와 달례가 주고받는 사랑의 광경이 보였다.

조신의 코에서는 불길같이 뜨거운 숨이 소리를 내고 내뿜었다. 조신의 혼은 시퍼런 칼을 들고 모례의 집으로 달렸다. 쾅쾅 모례 집 대문을 부서져라 하고 두드렸다. 개가 콩콩 짖었다. 대문은 아니 열리매, 훌쩍 담을 뛰어넘었다. 모례 집 안방 문을 와지끈하고 발길로 차서 깨뜨렸다. 모례는 칼을 빼어 들고 마주 나오고 달례는 몸을 움츠리고 울었다. 조신은 꿈인지 생신지 몰랐다.

'아아, 무서운 질투의 불길. 천하의 무서운 것 중에 가장 무서

운 것!'

조신은 무서운 꿈을 깬 듯이 치를 떨었다. 못 한다, 이것이 옥중이 아니냐. 두 발은 고랑에 끼여 있고 두 손은 수갑에 잠겨 있다. 꿈은 나갈지언정 몸은 못 나간다.

조신은 옥을 깨뜨리고라도 한 번 더 세상에 나가 보고 싶었다. 다른 것을 보는 것이 아니라, 달례가 모례의 집에 있나 없나 그것이 알고 싶었다. 그러나 여러 날을 두고 백방으로 생각하여도 그것은 되지 않을 일이었다. 한 방에 혼자 있더라도 해 볼 만하고 또 죽을 죄인들끼리만 한 방에 모여 있더라도 무슨 도리가 있을 것이다. 그러나 죄 무거운 사람, 가벼운 사람 뒤섞여 둘씩 셋씩 한 고랑을 채워 놓고 그런 사람을 열 칸통 장방에 수십 명이나 몰아넣었으니 꼼짝할 수가 없었다.

조신은 모든 것을 단념하고 처음 옥에 들어왔을 때 모양으로 주력과 참선으로 우선 마음을 편안하게 하고 내생 인연이나 지어 보려 하였으나 탐애와 질투의 폭풍이 불어 일으키는 마음의 검은 물결은 어찌할 수가 없었다.

대보름도 지나고 지독한 입춘 추위도 다 지난 어떤 날 조신은 장방에서 끌려 나갔다. 왁살스러운 옥사장이 한 손으로 조신의 상투를 잡고 한 손으로 덜미를 짚어서 발이 땅에 닿기가 어렵게 몰아쳤다. 조신은 오늘 또 무슨 문초를 하는가 보다, 이번에는 한 번 버티어 보자 하고 기운을 내었다.

그러나 조신은 관정으로 가는 것이 아님을 알고 발을 멈추며,

"관정으로 안 들어가고 어디로 가는 거요?"

하고 물었다.

옥사장은 조신의 꽁무니를 무릎으로 퍽 치며,

"어디는 어디야 수급대 터로 품삯 받으러 가지. 잔말 말고 어서 가."

하고 더 사정없이 덜미를 누르고 머리채를 낚아챈다.

"품삯이 무에요?"

조신은 그래도 묻는다.

"아따 한세상 수고한 품삯 몰라, 잘했다는 상금 말야."

하고 옥사장은 또 한 번 아까보다 더 세게 항문께를 무릎으로 치받으니 눈에 불이 번쩍 나고 조신의 몸뚱이가 한 번 공중에 떴다가 떨어진다.

"아이쿠, 좀 인정을 두어 주우."

하고 조신은 끌려간다.

다른 옥사장 하나가,

"이놈아, 그렇게도 가는 데가 알고 싶어? 이놈아 양반댁 유부녀 후려내고 사람 죽였으면 마지막 가는 데가 어딘지 알 것 아냐. 그래도 모르겠거든 바로 일러 줄까! 닭 채다가 붙들린 족제

비 모양으로, 부엌 모퉁이 응달에 시래기 타래 모양으로 매다는데 말야, 여기를 이렇게."

하고 손길을 쫙 펴서 조신의 모가지를 엄지가락과 손길 새에 꽉 끼고 힘껏 툭 턱을 치받치니 조신은 고개가 잦혀지며 아래윗니가 떡 하고 마주친다. 그것이 우스워서 조신을 잡아가는 옥졸들이 하하하고 앙천대소한다.

조신은 이제야 분명히 제가 가는 곳을 알았다. 그러고는 아이들에게 끌리기 싫다는 송아지 모양으로 두 발을 버티고 허리힘을 쑥 빼어 버리니 조신의 몸뚱이가 옥사장의 손에 잡힌 머리채에 디롱디롱 달렸다가 옥사장의 팔에 힘이 빠지니 땅바닥에 엉치가 퍽 떨어진다.

"안 갈 테야? 이럴 테야? 난장을 맞고야 일어날 테야!"

하고 옥사장들은 허리에 찼던 철편을 끌러 조신의 등덜미를 후려갈기며 끊어져라 빠져라 하고 끄대기를 낚아챈다.

"아이구구."

하고 조신은 일어선다.

벌써 형장이 가까운 모양이어서 조신의 두리번거리는 눈에는 사람들이 보였다. 옥사장이 덜미를 덮어 눌러서 몸이 기역자로 굽었기 때문에 사람들의 얼굴은 잘 안 보이고 아랫도리만 보였다. 그래도 혹시나 달례가 보이지나 아니하나 하고 연해 눈을 좌우로 굴렀다. 조신의 눈에는 거기 있는 사람들이 모두 달례인 것 같기도 하였으나 정말 달례는 보지 못하였다.

조신은 마침내 보고 싶은 달례도 보지 못하고, 하고 싶은 말도 하지 못하고, 눈을 싸매고, 뒷짐을 지고, 목에 올가미를 쓰고 매달려서 다리를 버둥버둥하였다.

"살려 주오, 살려 주오."

하고 소리를 질렀으나 제 귀에도 그 소리가 들리지 아니하였다.

숨이 꼭 막혀서 답답하였다. 차차 정신이 흐려졌다.

"무서워서 어떻게 죽나. 죽은 뒤에 무엇이 있나?"

하고 조신은 관세음보살을 염하면서 팔다리를 버둥거렸다.

"아이고, 나는 죽네, 관세음보살."

그러고는 조신은 정신이 아뜩하였다.

얼마를 지났는지,

"조신아, 이놈아, 조신아."

하고 꽁무니를 누가 치는 것을 조신은 감각하였다.

조신은 눈을 번쩍 떴다.

선잠을 깬 눈앞에는 낙산사 관음상이 빙그레 웃으시고, 고개를 돌리니 용선 노장이 턱춤을 추면서 웃고 있었다.

조신은 이때부터 일심으로 수도하여 낙산 사성(洛山四聖)이라는 네 명승 중의 한 분인 조신 대사가 되었다.

이광수 대표 장편 소설 해설

꿈

■ 작가에 대하여

이광수[李光洙, 1892. 3. 4. ~ 1950. 10. 25.]

호는 춘원(春園). 평북 정주 출신으로 1892년 전주 이 씨 양반 가문에서 태어났으나 가세가 기울어 가난한 생활을 했고, 11세가 되던 해에 부모가 모두 콜레라로 사망하며 외가에서 청소년기를 보냈다.

1907년 일본으로 건너가 톨스토이에 심취했고, 1909년에는 단편 소설 〈사랑인가〉를 발표하여 유학생 사이에 차츰 이름이 알려지기 시작했다. 1910년 일본 명치학원을 졸업하고, 오산학교 교원으로 있다가, 1916년 일본 와세다 대학 철학과에 입학했다.

1917년 우리나라 최초의 근대 장편소설 《무정》을 《매일신보》에 연재하였고, 그해 단편소설 〈소년의 비애〉, 〈어린 벗에게〉를 《청춘》에 발표하고 《개척자》를 《매일신보》에 연재했다. 1919년에는 동경에서 2·8 독립 선언서를 작성하고 상해로 탈출, 도산 안창호의 흥사단 이념에 감명받아 임시 정부 기관지 독립 신문사의 사장 겸 편집국장에 취임했다. 1922년에는 논문 〈민족개조론〉을

《개벽》에 발표하고 《허생전》, 《재생》, 《마의 태자》 등의 작품을 계속 발표했다.

1937년 '수양 동우회' 사건으로 안창호 등과 함께 수감되었다가 반년 만에 병보석으로 풀려났다. 그 후 조선문인협회 회장이 되고, 가야마 미쓰로(香山光郎)로 창씨개명을 해 친일 행위를 시작하였다. 1950년 6·25 전쟁 중에 납북된 후 1950년 10월 폐결핵으로 사망했다.

이광수는 이상주의에 바탕을 둔 계몽적 민족의식을 표방하며 작품 세계를 펼쳐 나갔다. 그는 문체 확립, 실험적 인물 묘사, 현대적 주제 설정 등을 작품에 적용하며 현대 문학 선구자로서의 문학사적 위치를 차지하였다. 또한 그는 많은 논설을 통해서 자신의 사상을 주장했다. 그는 기존의 도덕과 윤리를 강렬하게 비판하였으며, 진화론적 사고에 토대를 둔 근대적이고 새로운 가치관과 세계관을 역설하였다. 그는 일제 강점기 하의 억압과 현실의 부조리, 구사상과 새로운 서구 민주주의 사상과의 갈등, 유교적 가치관과 기독교 사상의 대립 등을 작품에 투영하였다.

그가 남긴 저서로 장편 소설 《무정》, 《개척자》, 《재생》, 《마의 태자》, 《단종애사》, 《이순신》, 《흙》, 《그 여자의 일생》, 《유정》, 《사랑》, 《꿈》, 《원효대사》 등이 있고, 단편 소설 〈무정〉, 〈소년의 비애〉, 〈방황〉, 〈무명〉 등이 있다.

꿈

◆ **작품 개관**

이 작품은 이광수가《삼국유사》에 실려 있는 〈조신 설화〉를 바탕으로 창작한 것이다.《꿈》은 〈조신 설화〉와 전체적인 구조와 주제면에서 비슷하다. 해방 후 이광수는 불교에 심취했는데, 이 작품에는 작가의 그러한 경향이 곳곳에 드러난다.

◆ **주요 등장 인물**

조신 승려. 세달사에서 기거하다가 태수 김흔 공의 딸 달례를 보고 한눈에 반해 방황한다. 그 후 낙산사의 용선 대사를 찾아가 그곳에서 머무른다.

달례 태수 김흔 공의 딸. 미모가 뛰어나 조신의 마음을 사로잡는다. 조신이 꾸는 꿈속에서 그의 아내가 된다.

용선 대사 달례를 사모하는 마음 때문에 방황하는 조신에게 길잡이가 되어 준다.

평목 출중한 외모를 가진 승려. 조신은 그가 술과 고기, 여자를 좋아하며 거짓말을 잘한다고 평가한다.

◆ **줄거리**

조신은 원래 세달사에서 수양을 쌓던 승려였다. 꽃이 만발한 어느 봄날, 그는 거북재라는 산에 올라갔다가 태수 김흔 공의 딸을 보고 한눈에 반한다. 조신은 자신의 마음을 다잡기 힘들어 낙산사에 있는 용선 대사를 찾아간다.

조신은 얼굴빛이 검푸르고 눈과 코가 찌그러진 못생긴 승려이다. 그런 그가 용선 대사에게 달례와 결혼하는 방법을 구하자 용선 대사는 법당에 들어가 관음 기도를 시작하라고 한다.

조신은 법당에서 쏟아지는 졸음을 참으며 기도한다. 한밤이 되자, 갑자기 달례가 웃으면서 법당으로 들어온다. 달례는 거북재에서 조신을 본 후, 그를 그리워했다고 말한다. 조신은 가사와 장삼을 벗어던지고 그녀와 도망친다. 도망가던 중, 뒤를 쫓던 평목에게 따라잡힌다. 평목은 조신에게 용선 대사의 말을 전하며 가사와 장삼을 전해 주고 낙산사로 돌아간다.

조신은 태백산 깊숙한 곳에서 자식을 낳고 농사를 지으며 평화

롭게 산다. 그러던 어느 날, 평목이 그들을 찾아온다. 평목이는 달례와 정혼했던 모례가 아직도 그들을 찾아다닌다는 이야기를 전한다. 모례는 칼을 잘 쓰고 말을 잘 타기로 유명한 화랑이었다. 평목은 모례의 이야기를 하며 은근히 조신을 협박하고 그의 딸을 자신에게 달라고 말한다. 조신은 평목이 모례에게 자신들의 거처를 알릴까 두렵고 딸도 줄 수 없어 평목을 죽인다.

조신은 사람을 죽였다는 죄책감과 자신의 죄가 드러날지도 모른다는 두려움에 안절부절 못한다. 조마조마한 마음으로 지내던 어느 날, 서울에서 사또의 지인이 사냥을 하러 내려온다. 사냥을 하던 중 화살에 맞은 사슴이 평목의 시체를 내다 버린 동굴로 들어간다. 시체가 발견되자 살인 사건에 대한 수사가 진행된다.

서울에서 온 손님은 바로 모례였다. 조신은 자신의 죄가 드러날까 두려워 평목의 행장을 없애려 하지만 실패한다. 조신은 자신의 죄가 발각되기 전에 가족과 함께 도망친다.

도망가던 중에 큰아들 미력이 고열로 죽는다. 아들을 땅에 묻고 계속 도망쳐 다다른 마을 주막에서 그들은 휴식을 취한다. 하지만 말을 타고 나타난 모례에게 곧 붙잡힌다. 조신은 모례에게 아내와 자식들만은 살려 달라고 청한다. 이에 달례는 자신이 조신을 유혹했으니 자기에게도 죄가 있다고 말하며, 목을 베어 달라고 청한다. 모례는 승려가 되라는 뜻으로 달례의 머리카락을 자르고 목에 가벼운 상처만을 낸다. 조신은 포승을 지고 잡혀가 감옥 생활을 하게 된다.

감옥에서 조신은 잊고 있던 승려 생활을 다시 시작한다. 기도를 하고 염불을 하지만 마음에 떠오르는 헛된 생각이 그를 괴롭힌다. 옥사장을 따라 형장에 이른 조신은 죽음을 두려워하며 관세음보살을 외친다.

두려움에 팔다리를 버둥거리는 그를 누군가가 걷어찬다. 눈을 뜨니 조신의 눈앞에 용선 대사가 웃으며 서 있다.

◈ **작가와 작품**

인과응보

《꿈》은 이광수가 해방 이후에 쓴 작품이다. 그는 일제 강점기 초반에 독립 운동을 했지만, 이내 친일 행위를 했다. 친일 행적으로 인해 그는 해방 후 많은 사람으로부터 비난을 받았다. 쏟아지는 비난 속에서 그는 불교 사상에 빠져들었다.《꿈》은 이광수가 불교에 심취한 영향으로 발표한 작품이다.

평목을 죽인 조신은 도망가지만 곧 모례에게 붙잡힌다. 용서를 비는 조신에게 모례는 말한다. "복도 죄도 지은 데로 가는 것이야." 이 말은 불교 용어인 인과응보를 나타낸다. 인과응보란 선악의 원인대로 반드시 즐거움과 고통이 뒤따른다는 말이다.

조신은 승려인 데도 불구하고 정혼자가 있는 여인을 탐했다. 달례와 도망치던 중 그녀가 가져온 재물에도 관심을 보였고 살생을 금한다는 불도를 어기고 사람마저 죽인다. 이런 죄악들은 조신의 행복을 무너지게 했고, 조신을 죽음으로 몰고 간다.

인과응보에 따른 작품 내용은 이광수가 처한 해방 후의 상황과 연관 지을 수 있다. 일제 강점기의 친일 행적으로 인해 그는 많은 비난을 받았다. 때문에 그는 자신의 행동에 대한 결과가 인과응보로 이어졌다는 생각을 하게 되었고, 당시 관심을 가졌던 불교 사상으로 구체화하여 작품 속에 반영했다. 이광수가 처한 상황과 그가 심취했던 불교 사상을 고려해 작품을 읽으면, 작가가 작품을 통해 드러내고자 했던 바를 더욱 깊이 이해할 수 있다.

◆ 작품의 구조

환몽 구조

환몽 구조는 서사적 구성 기법 중의 하나이다. 환몽 구조는 주인공이 바라던 바가 꿈속에서 실현되고, 여러 가지 우여곡절을 끝에 꿈에서 깨어나 어떤 깨달음을 얻는 구조로 이루어진다.

조신은 승려로서 부처님께 귀의하여 불도를 닦는 인물이다. 하지만 거북재에서 태수 김흔 공의 딸 달례를 보고 그 아름다움에 반해 괴로워한다. 용선 대사는 조신에게 그녀와 결혼하고 싶다면 법당에서 염불을 외우라고 한다. 조신은 관음상의 모습을 바라보며 관음 기도를 올리지만 쏟아지는 잠을 이기지 못한다. 작품 내에서는 잠이 오는 것을 참아가며 기도를 올린다고 되어 있지만, 마지막 부분을 참고하면 아마 이 부분에서 조신이 잠에 든 것으로 보인다. 따라서 관음 기도를 올리는 조신에게 달례가 찾아오는 부분부터 조신의 꿈속 내용으로 볼 수 있다.

조신은 그토록 그리워하던 달례를 꿈속에서 만난다. 둘은 부부의 연을 맺는다. 하지만 행복했던 시간도 잠시, 이내 조신과 달례의 삶은 평목이 찾아오면서 위기를 맞는다. 조신이 평목을 죽인 사건을 계기로 달례의 정혼자였던 모례가 찾아오고 조신은 감옥에 간다. 그곳에서도 조신은 번민을 그치지 못하고 형 집행장에서 발버둥치다 꿈에서 깬다.

작품 끝부분에서 조신이 어떤 깨달음을 얻었는지는 분명하게 나타나 있지 않다. 다만 꿈속의 내용을 모두 알고 있다는 듯이, "낙산사 관음상이 빙그레 웃으시고, 고개를 돌리니 용선 노장이 턱춤을 추면서 웃고 있었다."라고 묘사되어 있을 뿐이다. 우리는 관음상과 용선 대사의 웃는 모습을 통해 조신이 바라던 현실의 행복이 한낱 부질없는 일이라는 것을 깨달을 수 있다. 또한 조신이 이때부터 일심으로 수도하여 조신 대사가 되었다는 설명을 통해 조신이 그 후로 어떤 변화를 맞이했는지 눈치챌 수 있다.

◆ **작품의 감상과 수용**

〈조신 설화〉의 재창조

〈조신 설화〉는《삼국유사》3권에 실려 있는, 일장춘몽이라는 인생의 허무를 주제로 한 작품이다. 이광수의《꿈》은 이것을 바탕으로 하기 때문에 두 작품은 내용과 구조 면에서 매우 미슷하다.

두 작품에 등장하는 주인공은 모두 승려 조신이다. 태수의 딸을 보고 반해 그 여인을 그리워한다는 이야기로 시작되는 것도 동일하다. 그러나 〈조신 설화〉에서는 가난으로 인해 큰아들이 죽자 먹고살기 위해서 부부가 헤어지고,《꿈》에서는 조신이 살인으로 도망치다 붙잡히자 가족들과 헤어지고 사형을 당한다. 〈조신 설화〉는 부부가 헤어지는 장면에서,《꿈》은 조신이 사형을 당하는 장면에서 꿈에서 깬다. 두 작품 모두 잠에서 깨어난 후 인생의 허무나 욕망에 대한 부질없음을 느끼고 불도에 정진한다는 내용으로 마무리된다.

이와 같이 〈조신 설화〉와 이광수의《꿈》은 환몽 구조로 내용이 전개되는 점과, 꿈에서 깨고 나서 자신이 바라던 것이 허망하다는 것을 깨닫는 점에서 비슷하다.

다만 세부적으로 상이한 내용이 등장하는데, 이는 신라 시대에 창작되었던 〈조신 설화〉와 해방 후에 창작되었던 《꿈》의 시대적 배경이 다르기 때문이다.

《꿈》과 〈조신 설화〉 두 작품의 공통점과 차이점을 생각하며 읽으면, 작품의 다양한 면을 폭넓게 이해할 수 있다.

◆ **작품에 반영된 현실**

시대를 뛰어넘는 깨달음

〈조신 설화〉는 신라 시대를 배경으로 한다. 〈조신 설화〉를 재창작한 《꿈》의 배경도 신라 시대이다. 하지만 작품의 내용과 구조가 빚어내는 주제 의식은 신라 시대에 국한되지 않는다.

이광수가 신라 시대의 작품을 재창작한 것은 〈조신 설화〉가 신라 시대뿐만 아니라, 《꿈》이 창작되었던 해방 후 그리고 그 이후의 시대까지 통용되는 내용을 다루고 있다고 보았기 때문이다. 〈조신 설화〉가 지니고 있는 주제 의식, 구조 등은 시대를 뛰어넘으며 독자들에게 깨달음과 감동을 안겨 준다.

이 작품은 '현실－꿈－현실'로 이어지는 환몽 구조로 이루어져 있다. 현실에서 못다 이룬 주인공의 욕망이 꿈속에서 이루어지고, 여러 고난을 겪고 난 후 꿈에서 깨어 자신의 욕망이 부질없음을 깨닫는다. 자고 일어나 보니 모든 것이 꿈에 지나지 않았다는 전언은 현실에서 우리가 갖는 욕망이 중요한 것이 아니라는 불교적 깨달음을 준다. 이러한 구조는 오늘날에도 신선하게 다가온다.

두 작품은 주제가 거의 동일하다. 신라 시대에도 그리고 해방 후《꿈》이 창작되던 시대에도 '인생에서 사람이 갖는 욕망은 일장춘몽에 불과하다.'는 불교적 사상은 사람들에게 큰 깨달음을 안겨 준다.

〈조신 설화〉에서는 꿈에서 깬 조신이 김랑을 그리워하던 마음을 접고 불도에 정진하고,《꿈》에서는 꿈에서 깬 조신이 일심으로 불도를 닦는다. 두 인물 모두 자신의 욕망으로 인해 번민하던 마음을 다잡고 불교의 교리를 따른다. 주인공의 이러한 변화는 신라 시대나 해방 후 그리고 지금에 이르기까지 수많은 고민으로 방황하는 독자들에게 새로운 출구를 열어 준다.